U0001280

木偶奇遇記

The Adventures of Pinocchio

卡洛·柯洛蒂 著　　張璘 譯　　Tonn Hsu 許彤 繪

　　《木偶奇遇記》是義大利作家卡洛・柯洛蒂的著名童話作品。柯洛蒂本名卡洛・洛倫齊尼，出生於義大利的佛羅倫斯鄉下，父親是個廚師，母親是個女傭。柯洛蒂其實是他母親出生和長大的城鎮的名字，被他當作了筆名。柯洛蒂小時候很調皮，好奇心強，就像他創造的木偶一樣。他在教會學校畢業後，給各地報紙寫稿，積極參加義大利民族解放運動，並志願參加了一八四八年的義大利民族解放戰爭。此外，他還與人一起出版過諷刺雜誌，寫過短篇小說、隨筆、評論。一八六一年，義大利同意後，他離開了新聞界。一八七〇年以後，他成了戲劇評審和雜誌編輯，不過他很快就迷上了兒童文學。他精通法文，曾翻譯過法國佩羅的童話，為廣大小讀者所喜愛。

　　關於《木偶奇遇記》的成書，說法不一。有的說，柯洛蒂一生貧困，《木偶奇遇記》是他為了償還債務而倉促寫成的。但事實並非如此。柯洛蒂翻譯童話的經歷讓他起了寫作童話的念頭，寫了幾本以「小手杖」為主角的童話。他有一個朋友在羅馬編兒童雜誌，有一次這位朋友收到柯洛蒂寄去的一部作品手稿，手稿中附了一張紙條說，「這點傻東西能用就用，不過你要是用了，就多給我點稿費，好讓我有個好藉口繼

續寫下去」。後來，這部手稿從一八八一年七月七日開始在《兒童報》上連載，這也是書中各章長短大致相同的原因。故事刊出後，轟動一時，為了擴大讀者群範圍，佛羅倫斯的出版商波基在一八八三年把故事整理成冊，重新刊印，於是有了《木偶奇遇記》這本書。書籍出版後，在義大利風行一時，印數達百萬。不過巨大的銷量並沒有給柯洛蒂帶來財富，他總共才獲得幾千里拉的報酬。

　　《木偶奇遇記》全書共三十六章，講述的是一個沒有頭腦、毫無主見的木偶逐漸成長、轉變成一個懂事的孩子的過程。在故事的開頭，木匠櫻桃師傅發現了一塊奇怪的木頭，會像孩子一樣又哭又笑。木匠的好朋友傑佩托把木頭要了回去，做成一個會跳舞、擊劍的木偶，起名叫皮諾丘，並指望他賺錢養活自己。這個皮諾丘可不是等閒之輩，從一出生開始，就惹來無窮麻煩。他剛學會走路，就離家出走，卻害得他的父親傑佩托進入監獄，同時也害了他自己，導致沒人給他做飯吃。他餓極了，想煎顆雞蛋來吃，雞蛋卻飛走了。夜裡飢寒交迫，他把腳放在火盆上烤火，結果把兩隻腳都燒焦了。父親回家後，給他做了雙新腳，又賣了自己的衣服，給他買了課本，讓他去上學，他卻把課本賣了，賣票去看戲。木偶們發現了皮諾丘，舞臺上亂成一團。木偶藝人要懲罰不聽話的木偶，皮諾丘挺身而出，得到木偶藝人的賞識，送給他五枚金幣。他輕信狐狸和貓的謊言，不僅虧了錢，還落入強盜之手，被吊在樹上。仙女救了他，讓他吃藥療傷，他卻只想

吃糖，不想吃藥。他說謊，受到仙女懲罰，一說謊，鼻子就變長，等到說真話時，才會變回原樣。離開仙女家後，他又遇到了那兩個騙子，聽信他們的鬼話，把剩餘的金幣埋在田裡，結果金幣被偷走了，自己卻坐了四個月的牢。出獄後，他因為飢餓難忍，偷農夫田裡的東西而被農夫抓住，讓他像狗一樣看守雞舍。他抓住了偷雞賊後，獲得了自由。他返回仙女家，卻聽到了仙女的死訊，不禁失聲慟哭。同時，他得知父親因為他離家出走而去尋找他。鴿子把他帶到海邊，他看見父親的小船在波濤中起伏，便跳到海裡去救父親。海浪把他帶到蜜蜂島，他在島上又見到了仙女，向仙女保證要做個好孩子。他因為用功而遭到同學嫉恨，在海邊和同學打架、被捕、逃跑，然後遇險。他回到了仙女家，仙女答應第二天讓他變成真正的男孩。第二天，他並沒有變成真正的男孩，因為他受朋友引誘，去了玩具國，在那裡瘋玩了幾個月後，有一天突然發現自己變成了一頭驢子。他先是被賣給了馬戲團，腿摔瘸後，新的買主想用他的皮做鼓面。之後又經過一番磨難之後，皮諾丘終於幡然悔悟，決心做個好孩子，聽仙女的話，孝順父親。最後，他如願以償，變成了一個真正的男孩。

　　皮諾丘雖然是個木偶，但是在他身上發生的一切也同樣會發生在其他男孩身上，他就如同我們調皮的小兄弟，我們為他歡笑而歡笑，為他哭泣而哭泣，恨他時恨不得揍他一頓，憐憫時恨不得以身替代。他天真無邪，頭腦簡單，自制力差，偏偏又自以為是，結果一錯再錯，吃了不少苦頭；他缺乏主見，

沒有恆心，屢屢立下良好志願卻總又半途而廢；他心地善良，同情弱者，孝敬父親，並且終於幡然悔悟，告別過去，勤勤懇懇，踏踏實實，在仙女的幫助下成了真正的人。皮諾丘生活的世界就像我們生活的世界一樣，既有狐狸、貓、矮胖子這樣的「壞人」，但是更多的是像傑佩托、藍頭髮仙女、蟋蟀、鴿子、金槍魚等這樣的「好人」，而從皮諾丘身上，我們更看到了自己的影子，所以，我們讀起來特別親切。皮諾丘從一個任性、淘氣、懶惰、愛說謊、不關心他人、不愛學習、整天只想著玩的木偶，變成一個懂禮貌、愛學習、勤奮工作、孝敬長輩、關愛他人的好孩子的過程，以及他所經歷的一連串的奇遇，充滿了童趣與想像。發生於皮諾丘身上的故事告訴我們，一個孩子的自然天性在許多方面都是需要修正的。也就是說，在自然天性裡往往會有不少不夠盡善盡美的表現，等待著我們的逐步克服。皮諾丘的經歷不僅僅是一般意義上的離奇遭遇，其中蘊藏著等待我們去仔細咀嚼的深長意味。皮諾丘的轉變實際上揭示了一個並不複雜的道理，也就是一個人由不完美走向完美、由不幸福走向幸福的曲折歷程。這個看似簡單的道理並是一個人生來就可以明的。否則，皮諾丘也就無需煞費苦心才得以完成這一歷程了。皮諾丘由「壞」變「好」的過程讓我們看到了希望，使我們充滿信心，告訴我們不要因為眼前的困難而沮喪。

　　就寫作風格而言，作者的筆觸深入到孩子的內心深處，用孩子的眼睛觀察世界，用孩子的頭腦思考問題，把人物描

寫得栩栩如生，相信皮諾丘那會變長的鼻子以及變成驢子的過程不僅讓小讀者覺得神奇，更讓他們心中隱約有些恐懼，讓他們想起父母給他們講述過的類似的「不聽老人言，吃虧在眼前」的故事。通過閱讀皮諾丘的成長故事，小讀者經歷了一段心路歷程，領略了古希臘悲劇所具有的那種淨化作用，慶幸皮諾丘的種種磨難和不幸並沒有發生在自己身上。另外，作者善於製造情節，把故事編造得跌宕起伏、曲折動人，時常峰迴路轉、柳暗花明，不僅小讀者讀來興趣盎然，就是成年人也會愛不釋手。皮諾丘的金幣被狐狸和貓偷走後，報了案。按照正常邏輯，得到懲罰的應當是偷走金幣的狐狸和貓。可是柯洛蒂卻告訴我們：

　　法官耐心地聽著，眼睛中透露出仁慈的神色。他對皮諾丘的故事很感興趣，被感動了，幾乎流下淚來。皮諾丘一說完，他就伸出手，搖了搖鈴鐺。聽到鈴聲，立刻出來了兩隻穿著憲兵制服的猛犬。

　　法官指著皮諾丘對憲兵說：

　　「那可憐的笨蛋讓人偷走了四枚金幣，把他抓起來，關進監獄。」

　　木偶聽到對自己的判決，大吃一驚。他想抗議，但兩個憲兵卻用爪子捂住了他的嘴，把他匆匆帶到了監獄。

　　皮諾丘不得不在監獄裡待上漫長而難熬的四個月。

看到這裡，我們不僅會因為皮諾丘所遭受到的不公而憤憤不平，而且會暗自思考：這樣的是非顛倒難道僅僅發生在故事裡？作者是否在影射現實世界？不僅如此，我們甚至還會發現故事中的人物和情節似乎很熟悉，我們在皮諾丘身上似乎還看到了孫悟空的影子，好心的蟋蟀讓人不由想起《大話西遊》中的唐僧。皮諾丘在即將變成真正的男孩的前一夜忍受不住誘惑，前往玩具國，吃了大苦頭，這一幕雖與《西遊記》中西天取經的最後一難不同，但是卻表現出了相同的意義：**好事多磨**。故事的語言雖然簡單，但是卻蘊含著深刻的道理。這些道理不是通過簡單說教來灌輸給讀者，而是通過編織曲折而有趣的故事揭示出來，因此堪稱寓教於樂的典範。

基於上述原因，《木偶奇遇記》問世以後，引起了轟動，皮諾丘成了義大利家喻戶曉的人物。不僅如此，此書還被翻譯成多種文字，改編成電影等，在世界各地出版、上映，成為世界兒童文學中的經典。本書是根據卡羅爾・德拉・奇薩翻譯的英文版（電子書版）轉譯，因此在個別細節上與坊間流行的一些中文版本有所不同。

張璘

目 錄

木偶奇遇記

The Adventures of Pinocchio

木偶奇遇記

The Adventures of Pinocchio

CHAPTER 1

木匠櫻桃師傅發現一塊會像孩子一樣又哭又笑的木頭

*

幾百年前，曾經有⋯⋯

「一位國王！」我的小讀者們脫口而出。

不，孩子們，你們錯了。從前，曾經有一塊木頭。這塊木頭不是很貴重的那種。一點都不值錢。僅僅是一塊普普通通的柴火，冬天裡用來烤火，使房間溫暖舒適的一大塊堅硬的木頭。

我也不曉得這件事究竟是怎麼發生的，不過在一個晴朗的日子裡，這塊木頭發現自己來到了老木匠的鋪子裡。老木匠的真名叫做安東尼奧，不過人人卻都叫他櫻桃師傅，因為他的鼻尖又圓又紅，亮光閃閃，看上去就像一顆熟透的櫻桃。

櫻桃師傅看到這塊木頭後，滿心歡喜。他高興地搓著雙手，嘟囔道：

「來得真巧。我要用它來做桌腳。」

他拿起斧子，準備剝去樹皮，加工起來。就在他剛要動手時，他聽到一個細小的聲音，懇求道：

「請小心點！別砍得太狠！」

於是櫻桃師傅就站在那一動不動，一隻手高高地舉起來。他的臉上是多麼驚訝啊！他那張滑稽的臉更加滑稽了。一雙受到驚嚇的眼睛四下張望，想找出那細小的聲音從哪裡來，但是卻什麼人都沒有看到。他朝桌子底下看看……沒有人！他朝壁櫥裡面瞧瞧……沒有人！他到刨花堆裡找找……沒有人！他打開門，在街上張望……還是沒有人！

　　「啊，我明白了！」他然後撓了撓頭髮，笑著說。「很顯然，我只是以為自己聽到了那個細小的聲音說了哪些話！好了，好了，還是繼續幹活吧！」

　　他用力砍了一下那塊木頭。

　　「唉呀！你弄痛我了！」那個微弱的聲音哀號道。

　　櫻桃師傅一下子就呆住了，眼珠子都快掉下來，嘴巴也張大了，舌頭伸得很長。等到他回過神來，他顫顫抖抖地結巴著說：「這周圍什麼人都沒有啊，那聲音究竟是從哪來的？難道是這塊木頭，學會像孩子一樣哭泣叫喊？我真不敢相信。瞧，一塊普普通通的柴火，只能用來生爐火，沒啥特別的。唉呀，難道說有什麼藏在裡頭？要是這樣的話，那可不妙。我得幫幫他！」

　　說完，他雙手搬起木頭，拼命敲打起來。他把木頭往地上摔，往牆上扔，甚至往天花板上拋。

　　他想聽那個細小的聲音呻吟哭泣。他等了兩分鐘……什麼也沒有；五分鐘……什麼也沒有；十分鐘還是什麼也沒有！

　　「啊，我明白了！」他壯著膽子，用手撓了撓頭，笑著

說道。「很顯然，我只是想像自己聽到了那個細小的聲音！好了，好了，還是繼續工作吧！」

可憐的傢伙被嚇得半死，為了給自己壯膽，他想唱一首歡快的歌。

他把斧子放到一邊，拿起鉋子，打算把木頭刨平刨光。就在他來回推動鉋子時，他聽到了那個同樣的細小的聲音。這一回，它傻笑起來，說道：

「住手！啊，快住手！哈，哈，哈！你在我的肚子上搔癢呢！」

這一回，可憐的櫻桃師傅就像挨了槍一樣，倒了下去。等到他張開眼睛，他發現自己正坐在地上。

他的臉唰地變了色，甚至連紅色的鼻頭，也嚇得變紫了。

CHAPTER 2

櫻桃師傅把木頭送給了好朋友傑佩托，
後者把它做成一個會跳舞、擊劍、翻跟斗的木偶

✱

就在這時候，他聽到響亮的敲門聲。

「請進，」櫻桃師傅說，而他自己連站起來的力氣都沒有了。

話音剛落，門開了，走進一個精神抖擻的小老頭。老頭的名字叫傑佩托，可是街坊鄰居家的男孩子都叫他「波倫迪納」，意思是玉米糊，原來他老是帶著假髮，黃色的假髮和玉米顏色一樣。傑佩托是個有火爆脾氣的人，誰要是叫他玉米糊一定會倒楣！一聽到有人叫他「波倫迪納」，他立刻就會暴跳如雷，跟野獸一樣，誰也安撫不了他。

「你好啊，安東尼奧師傅，」傑佩托說。「你坐在地上幹嘛呢？」

「我在教螞蟻算算術呢。」

「祝你玩得愉快！」

「什麼風把你吹來了，傑佩托老兄？」

「『腿風』！對了，安東尼奧師傅，我來請你幫個忙。」

「聽你吩咐，」櫻桃師傅邊說邊爬起來。

「今天早上，我突然想到了一個好主意。」

「說來聽聽。」

「我想做個漂亮的木偶，一個很棒的木偶，一個會跳舞、會擊劍、會翻跟斗的木偶。我要帶著這個木偶環遊世界，賺錢買麵包吃、買酒喝。你覺得這想法怎麼樣？」

「好主意，『波倫迪納』！」又是那個細小的聲音喊道，誰也不知道是從哪冒出來的。

一聽到有人叫他『波倫迪納』，傑佩托師傅的臉頓時就變了色，像根紅辣椒。他轉過身來，對著木匠怒氣衝衝地說：

「你幹嘛要侮辱我？」

「誰侮辱你了？」

「你叫我『波倫迪納』！」

「我沒叫。」

「我想你還以為是我自己叫的呢！不過我知道就是你叫的。」

「沒叫！」

「叫了！」

「沒叫！」

「叫了！」

兩人越吵越厲害，竟然動起手來，到最後又是抓，又是咬，還互揍耳光。一番打鬥之後，櫻桃師傅手裡抓著傑佩托的黃假髮，傑佩托則發現自己的嘴裡咬著的是櫻桃師傅的捲假髮。

「把我的假髮還給我！」櫻桃師傅氣呼呼地叫道。

「你把我的也還給我，我們就講和。」

兩個小老頭各自戴好假髮，握了握手，發誓今生今世永遠做好朋友。

　　「我說傑佩托師傅，」為了表示善意，木匠師傅開口說，「你想要什麼？」

　　「我想要一塊木頭，來做個木偶。你肯給我嗎？」

　　安東尼奧師傅十分樂意，馬上走到木工桌旁，拿起那塊把他嚇得半死的木頭。然而就在他要把木頭遞給自己的朋友時，木頭卻猛地一蹦，從他的手中滑了出來，砸在了可憐的傑佩托的細腿上。

　　「唉唷！安東尼奧師傅，你送人東西是這樣送的嗎？差點把我給打瘸了！」

　　「我向你發誓不是我幹的！」

　　「那麼就是我啦！」

　　「都怪這塊木頭。」

　　「沒錯，不過別忘了是你把它扔到我腿上的！」

　　「我沒扔！」

　　「說謊！」

　　「傑佩托，不要侮辱我，要不然我可就要叫你『玉米糊』啦！」

　　「白癡！」

　　「玉米糊！」

　　「蠢驢！」

　　「玉米糊！」

　　「醜八怪！」

「玉米糊！」

聽到自己第三次被叫做「玉米糊」時，傑佩托氣瘋了，向木匠猛撲過去，然後兩人大打出手。打完之後，安東尼奧師傅的鼻子上多了兩道抓痕，傑佩托的大衣少了兩顆扣子。兩人於是再次握手言和，發誓今生今世永遠做好朋友。

然後，傑佩托拿起那塊木頭，謝過安東尼奧師傅，一瘸一拐地回家去了。

CHAPTER 3

傑佩托回家後，立刻動手做他的木偶，並給木偶取名叫皮諾丘。木偶的第一個惡作劇

*

傑佩托的家很小，卻很整潔，很舒適。這個小房間實際上是一樓的樓梯洞，開有一扇小窗戶。傢俱少得不能再少了，只有一張破椅子，一張搖搖晃晃的床，和一張破爛不堪的小桌子。門對面的牆壁上掛著一幅畫，畫的是熊熊燃燒的壁爐。壁爐上面放著一隻罐子，正煮著什麼東西；罐子裡的水歡愉地沸騰著，還冒著熱氣，看上去就像真的一樣。傑佩托一進家門，馬上拿起工具，開始做起木偶來。

「我給他取個名字好嗎？」傑佩托自言自語道。「我想就叫他皮諾丘吧，這名字會給他帶來好運的。我認識一戶叫做皮諾什麼的一家人，爸爸皮諾丘、媽媽皮諾查和還有幾個叫做皮諾什麼的孩子，全都混得不錯，其中最有錢的一個還靠乞討為生呢。」

給木偶取好名字後，傑佩托就認真幹起活來。他先刻頭髮，然後是前額，再來是眼睛。當他發現木偶的兩隻眼睛能夠轉動，還用力盯著他看時，你們可以想像傑佩托會有多麼驚訝。

傑佩托看到那兩隻眼睛老是盯著自己，覺得受到了侮辱，便不滿起來：

　　「你這雙醜不拉基的木頭眼睛，一直盯著我幹嘛？」

　　沒有回應。

　　刻好眼睛後，傑佩托就刻鼻子，可鼻子剛一刻好就開始長啊長，長啊長，長那麼長，似乎沒完沒了。可憐的傑佩托不停地削啊削，可是他越削，那無禮的鼻子就長得越長。他感到很絕望，只好隨便它了。刻完了鼻子又刻嘴巴。嘴巴剛刻好就笑了起來，還拿傑佩托開玩笑。

　　「不許笑！」傑佩托生氣地說，但他的話就像是對著牆說的一樣，一點效果都沒有。

　　「我說不許笑！」傑佩托吼道。

　　那嘴巴不再笑了，卻從嘴裡伸出了一隻長舌頭。傑佩托不想爭吵，就假裝沒看見，接著幹活。刻完了嘴巴刻下巴，接著又刻脖子、肩膀、肚子、胳膊和手。就在他想給手指最後再加工時，傑佩托卻感到自己的假髮被人摘走了。他抬頭一看，你們猜看見什麼啦？他那黃色的假髮正在木偶的手裡攥著。

　　「皮諾丘！把假髮還給我。」

　　皮諾丘不但沒有把假髮還給他，反而戴在了自己的腦袋上，把半顆頭都罩住了。

　　皮諾丘出乎意料的惡作劇讓傑佩托很傷心，情緒很低落。傑佩托還從來沒有這麼傷心過，於是他衝著對皮諾丘哭喊道：

「皮諾丘，你這個壞孩子！你還沒做好，就不把你可憐的老爸放在眼裡了！你真壞，我的兒子，壞透了！」然後他抹掉一滴眼淚。如今還得把大腿和腳做好，可是傑佩托剛把兩隻腳做完，就覺得自己的鼻尖上被猛踢了一腳。

　　「我真是活該啊！」傑佩托自言自語道。「我在做木偶前，早就該想到這點，可為時已晚了。」

　　說完，他從腋下抓住木偶，把他放到地上，教他學走路。

　　皮諾丘兩腿僵直，不會活動，於是傑佩托牽著他的手，教他如何先邁出一隻腳，然後再邁出另一隻腳。腿活動開了以後，皮諾丘就自己走了起來，在屋裡到處亂跑。他來到門口，

一蹦就蹦到了街上，拔腿就跑。傑佩托在後面那個追啊追，卻怎麼也追不上，只見皮諾丘在前面又蹦又跳，兩支木頭腳打在石板鋪成的路面上，劈哩啪啦，劈哩啪啦，就像有二十位農民穿著木屐在街上走一樣。

「抓住他，抓住他！」傑佩托不停地喊。街上的行人看到一具木偶像一陣風似的跑過，就都停下來看熱鬧。他們笑啊笑，直笑得前仰後翻的。

最後，幸好這時來了一個憲兵。看到前面亂哄哄的一片，他以為是一匹小馬逃跑了，於是勇敢地岔開腿，站在了路中央，決心一定要擋住那牲口。

皮諾丘從老遠就看見了憲兵，想從憲兵的褲襠底下鑽過去，可是卻沒得逞。憲兵一把揪住了他的大鼻子，就好像那鼻子是專門為憲兵抓他而做的一樣。憲兵把皮諾丘交還給了傑佩托師傅。小老頭想擰皮諾丘的耳朵，但找了找，卻發現自己忘了給他做耳朵，你們可以想像一下傑佩托當時會是什麼表情。於是他只好拉著皮諾丘的後脖子，把他帶回家。他把皮諾丘使力搖了搖，氣洶洶地說：「我們先回家，等到了家，看我怎麼收拾你。」

皮諾丘一聽這話，撲通一聲就躺在了地上，死也不肯再往前邁一步。人們都圍了上來，逕自評論著自己看到的情況。

「可憐的木偶啊！」有個人說，「竟然不能回家去。傑佩托又卑鄙，又殘忍！肯定會把他狠狠揍一頓。難怪他不想回家。」

「傑佩托看上去是個好人，」又有人說，「其實他對孩子挺狠的。要是讓那可憐的木偶留在他的手裡，一定會被他劈成碎片。」

　　就這樣，圍觀的人七嘴八舌，說三道四，最後把皮諾丘給放了，卻把可憐的傑佩托抓進監獄。此時此刻，可憐的老頭有口難辯，像個孩子一樣哀嚎起來，哽咽著說：

　　「忘恩負義的東西！想想我費了多大的力氣，把你做成具乖木偶！這也是我活該，我早應該想到的啊。」

　　在這之後發生的事，簡直叫人難以置信。親愛的孩子們，你們會在之後的各章中讀到這些故事。

CHAPTER 4

皮諾丘與一隻蟋蟀的故事，
從中可以看出壞孩子總是不聽勸

*

　　沒費多少時間，可憐的傑佩托就被帶到了監獄。同時，
皮諾丘從憲兵手中逃掉，拔腿狂奔，穿過田地，翻越草地，
抄著近路，朝著家中跑去。在逃跑途中，他越過荊棘和灌木叢，
跨過小溪，繞過池塘，就像正在被獵犬追趕的山羊或野兔一樣。
到家後，他發現門微開著，便溜了進去，鎖好門，然後一屁
股坐到地上，為成功逃走而得意洋洋。然而他高興沒多久，
就聽到有人說：

　　「柯利柯利，柯利柯利。」

　　「是誰在叫我？」皮諾丘問，心中驚恐萬分。

　　「是我。」

皮諾丘轉身一看，原來是一隻大蟋蟀正慢慢順著牆往上爬。

「告訴我，蟋蟀，你是誰？」

「我是會說話的蟋蟀，已經在這間房子裡住了一百多年了。」

「今天這房子歸我了，」木偶說。「你要是想幫我個忙，那就馬上離開，頭也不要回。」

「除非讓我先講句有用的話，」蟋蟀回答，「要不然我才不走呢。」

「有話就快講。」

「那些不聽父母的話，離家出走的孩子，都是要倒楣的！在這世上，他們永遠也不會快樂，等到長大了，他們都會為離家出走後悔。」

「你講吧，蟋蟀兄，愛怎麼講就怎麼講吧。我只知道，明天一大早我就要離開這，永遠不回來了。我要是留在這，其他孩子遇到的那些事情我肯定也會遇到。他們都被送到學校去，不管喜不喜歡，都得學習。而我呢，跟你說實話，憎恨學習。我覺得抓蝴蝶呀，爬樹呀，挖鳥窩呀，要有趣多了。」

「可憐的小笨蛋！難道你不知道，要是這麼做，你會變成一個超級大蠢驢，在每個人眼中都成為笑柄？」

「閉嘴，你這隻醜陋的大蟋蟀！」皮諾丘叫起來。

雖然皮諾丘很無禮，睿智的老蟋蟀卻沒有生氣，平心靜氣地繼續說道：

「就算你不願意上學，起碼也要學會一種技術呀，那樣也可以靠本事當飯吃。」

「想聽聽我怎麼說嗎？」皮諾丘有點不耐煩了，問道。「在這個世界上，我只喜歡一種技術。」

「哪種技術？」

「那就是吃、喝、睡、玩，就是從早到晚到處閒逛。」

「為了你好，皮諾丘，」會說話的蟋蟀仍然心平氣和地說，「讓我來告訴你吧，凡是以此為業的人，最後不是進醫院就是進監獄。」

「給我注意點，你這隻醜陋的大蟋蟀！你要是惹惱了我，一定會後悔！」

「可憐的皮諾丘，我真為你難過。」

「為啥？」

「因為你是一具木偶，更糟糕的是，你還長了顆木頭腦袋。」

聽了最後這句話，皮諾丘氣得暴跳如雷，從木工桌上拿起一把木槌，用盡全身力氣，朝著會說話的蟋蟀就砸了過去。也許他壓根就沒想到能夠砸中，但不幸的是，親愛的孩子們，槌子正好砸在了蟋蟀的腦袋上。可憐的蟋蟀「柯利柯利」叫了最後一聲，就從牆上掉下來，死了。

CHAPTER 5

皮諾丘的肚子餓了，他找顆雞蛋來煎著吃，沒想到煎蛋卻從窗戶飛走了

*

　　要說蟋蟀的死讓皮諾丘害怕的話，那也只是一下子的事。天漸漸黑了，肚子裡傳來一種空空的感覺，讓皮諾丘想起來自己還什麼都沒吃呢。男孩子胃口成長很快，過沒多久，空空的感覺就變成了飢餓。飢餓感越來越強，沒過多久，皮諾丘就覺得像隻餓狼一樣。

　　可憐的皮諾丘馬上就向爐灶跑去。爐灶上有一瓶罐子，還在冒著熱氣。皮諾丘伸手就要揭開蓋子，沒想到罐子是畫在牆上的。你們想像一下他當時是什麼感覺。他那長鼻子至少又長了四英寸。

　　他滿屋子亂轉，翻箱倒櫃，甚至連床下都翻遍了，想找一塊餅乾、一條魚，或者是一塊麵包，哪怕已經變硬了也行。這時候對他來說，狗吃剩下的骨頭也會是美味佳餚。可是他卻什麼也沒找到。他變得越來越餓，卻又沒有任何辦法，只能打哈欠。沒錯，他的哈欠一個緊接著一個，打得都快開到了耳朵上了。不久，他感到頭暈目眩，都快昏過去了，於是嚎哭起來，說：

　　「還是會說話的蟋蟀說得對呀。我不該不聽我爸爸的話，

還離家出走。這時候要是爸爸在，我就不會這麼餓。唉唷，肚子餓真難受啊！」

就在這時，他突然看到牆角的垃圾堆裡有個又白又圓的東西，好像是顆雞蛋。他馬上就撲了過去，果真是顆雞蛋。

皮諾丘高興得不得了，簡直無法形容，你只能想像他有多高興。他覺得彷彿在夢裡，把那雞蛋放在兩隻手裡倒來倒去，摸了又摸，親了又親，對雞蛋說：

「欸，我現在該怎麼把你煮熟呢？做成炒蛋？不，還是用煎鍋來煎好。如果直接把你喝了呢？不，最好的辦法是把你放在煎鍋裡煎，那樣味道會更好。」

說做就做——他把煎鍋放在燒著炭火的火盆上。煎鍋裡沒放油，而是放了點水。等水一燒開，他咔嚓一聲敲開蛋殼，沒想到出來的不是蛋白和蛋黃，而是一隻毛茸茸的小雞。小雞彬彬有禮地向皮諾丘一鞠躬，說：「多謝了，皮諾丘先生，您讓我省了不少力，不用我自己搗碎蛋殼。再見，祝您愉快，請代我向您的家人問好。」說完，小雞張開翅膀，穿過窗戶，飛得無影無蹤。可憐的木偶瞪大了眼睛，張口結舌，手裡拿著空蛋殼，彷彿石化了。

等到皮諾丘回過神來後，他兩腳跺地，邊哭邊說：

「還是會說話的蟋蟀說得對呀。我要是沒有離家出走，爸爸要是在這，我才不會這麼餓呢。唉唷，餓肚子真難受啊！」

皮諾丘的肚子咕嚕咕嚕叫個不停，越叫越響，無法讓它平靜下來，便想到附近的村子裡去看看，也許能碰上好心人，討塊麵包吃呢。

CHAPTER 6

皮諾丘把腳放在火盆上睡著了，
第二天早上醒來時，兩隻腳都燒焦了

*

皮諾丘很不喜歡黑漆漆的大街，不過他實在太餓了，儘管街上很黑，他還是跑出了家門。這天夜裡依然漆黑一片，天上雷聲隆隆，不時有閃電劃過，將天空變成一片火海。寒風呼嘯，捲起煙塵，樹木搖撼，發出奇怪的呻吟。皮諾丘特別害怕閃電雷鳴，可是他實在太餓了，也就顧不上害怕了。他連蹦帶跳十幾下，就跑到了村子裡，跑得氣喘吁吁，舌頭還伸出來，像鯨魚一樣大口喘氣。

整個村子是一片漆黑，什麼人也看不到。所有的商店都緊閉門窗，街上甚至連條狗都沒有。整個村子就像個亡靈村。

皮諾丘非常絕望，跑到一家門前，撲向門鈴，拼命地按。他自己安慰自己說：

「總會有人應門的。」

他想得沒錯。一個戴著睡帽的老頭打開窗子，把頭伸出來，吼道：

「這麼晚了，你要幹什麼？」

「您行行好，給我點麵包吃吧？我快餓死了。」

「等一下，我馬上就來，」老人回答說，心想這肯定是個調皮鬼，專門在夜裡四處亂逛，等到人家睡得正香的時候，去搖人家的門鈴玩。過了一兩分鐘，又聽到那個老頭的聲音說：

「到窗子邊來，拿帽子接著。」

皮諾丘沒戴帽子，不過還是走上前去，只覺得一大盆冰冷的水灌頂潑了下來，把他從頭到腳淋得溼透了。

皮諾丘像隻落湯雞一樣，灰溜溜地回到了家，又累又餓，連站的力氣都沒有了，只好坐在一隻小板凳上，兩隻腳擱在火盆上，想把腳烘乾。然而他卻睡著了，熟睡中，他的木頭腳著了火，慢慢的，慢慢的，先是變成了黑炭，然後就變成了灰。在這期間，皮諾丘輕鬆地打著呼嚕，就好像燒著的腳不是他自己的一樣。天亮了，聽到有人大聲敲門，他終於醒了過來。

「誰呀？」他打著哈欠，揉著眼睛問。

「是我，」一個聲音回答說。

那是傑佩托的聲音。

CHAPTER 7
傑佩托回到家裡，把自己的早餐給了皮諾丘

*

　　可憐的皮諾丘此刻仍然似醒非醒，還沒發現兩隻腳已經燒成了灰。一聽到父親的聲音，他就從凳子上蹦了下來，想跑去開門，可是卻踉蹌跌倒，一頭倒在地上。他倒在地上時發出的聲音，就像是一袋木頭被從五樓重重地丟下來那麼響。

「給我開門！」傑佩托從街上喊道。

「爸爸，親愛的爸爸，我開不了門呀，」皮諾丘絕望地回答，一邊哭，一邊在地上滾著。

「為什麼開不了？」

「因為有人把我的腳給吃了。」

「是誰把你的腳給吃了？」

「是貓，」皮諾丘正好看見那隻小貓正在角落裡玩刨花，便說道。

「我來告訴你，把門給我打開！」傑佩托又說道。「要不然，等我進來，我會狠狠揍你一頓的！」

「爸爸，請相信我，我真的站不起來啊。噢，天啊！噢，天啊！我這輩子都要用膝蓋走路啦！」

傑佩托覺得皮諾丘這一把眼淚一把鼻涕的，都是在裝蒜，便從窗戶爬了進去。一開始，他很生氣，可以一看到皮諾丘躺在地上，真的沒有了腳，便傷心起來。他一把捧起皮諾丘，擁抱他，撫慰他，一邊流著眼淚，一邊對他說：

「我的小皮諾丘啊，我親愛的小皮諾丘，你怎麼會把腳燒掉了啊？」

「我不知道啊，不過請相信我，爸爸，昨天晚上太可怕了，我這輩子都忘不了。雷聲那麼響，閃電那麼亮，我肚子餓極了。會說話的蟋蟀對我說：『你活該，誰叫你是個壞孩子。』我說：『小心點，蟋蟀！』蟋蟀卻對我說：『你是個木偶，有顆木頭腦袋。』於是我拿一把槌子朝他砸了過去，一下子就把他砸

死了。可是那全怪他呀，我並不想把他砸死啊。後來我把煎鍋放在火盆上，可是那隻小雞卻飛了出來，還對我說：『再見，請代我向您的家人問好。』我越來越餓，便出了家門，結果那個戴著睡帽的老頭從窗戶裡探出頭來，用水澆了我一身。我回到了家，仍然餓得不得了，便把腳放在火盆上烤腳。我睡著了，如今腳不見了，但肚子還餓著。噢！噢！」

可憐的皮諾丘開始嚎啕大哭起來，聲音大得就是在幾英里之外都能聽得見。

皮諾丘亂七八糟地說了一大堆，傑佩托只聽明白了一件事，那就是皮諾丘餓得要死。他心疼起皮諾丘來，從衣服裡掏出三顆梨遞給他，說：

「我本來要把這三顆梨當早飯的，不過我很高興給你吃。快吃吧，別哭了。」

「您要是想讓我吃，就幫我削削皮。」

「什麼？還要削皮！」傑佩托吃了一驚。「我的孩子，我怎麼也沒想到你還這麼講究，口味這麼挑。真是造孽啊！在這個世界上，我們從小就要學著不挑食，因為我們從來不曉得將來會發生什麼事。」

「您說得對，」皮諾丘說。「不過梨子不削皮，我是不會吃的。我不喜歡吃帶皮的梨。」

好心的老傑佩托只好拿出一把小刀，給三顆梨削了皮，把皮放在了桌子上，排成一串。

一眨眼的工夫，皮諾丘就把第一顆梨給吃下去了，剛要把梨核扔掉，傑佩托一把抓住他的手，對他說：

　　「不要扔，這個世界上，什麼東西都有用。」

　　「我才不會吃這梨核呢，」皮諾丘氣鼓鼓地說。

　　「誰知道呢！」傑佩托平靜地說。

　　結果，三個梨核都被放在桌子上，和梨皮放在一起。

　　皮諾丘吃了，不，更確切地說是吞下了三顆梨之後，打了個大哈欠，叫道：

　　「我還餓著呢！」

　　「可是我沒什麼東西給你吃了。」

　　「真的什麼都沒有了嗎？什麼都沒有？」

　　「我只有這些皮和核啦。」

　　「好吧，」皮諾丘說，「要是真的沒有別的東西了，我就將就著吃這些皮和核吧。」

　　一開始，他苦悶著臉，接著皮和核就一個接著一個，全都消失了。等到他把所有的東西都吃完了，他說道：

　　「啊，現在舒服了！」

　　「這下看到了吧，」傑佩托說，「我跟你說吃東西不能光是講究，嘴巴不能太挑，我沒說錯吧。親愛的，我們誰也不知道將來會發生什麼事。」

CHAPTER 8

傑佩托又給皮諾丘做了一雙腳，
還賣掉了自己的上衣，給皮諾丘買課本

*

皮諾丘一填飽肚子，又抱怨起來，哭著說他想要一雙新的腳。傑佩托師傅為了懲罰他，整個早晨都沒理他。吃完午飯後，他對皮諾丘說：

「我為啥還要給你再做一雙腳？讓你再從家裡逃走嗎？」

「我向您保證，」皮諾丘啜泣著說，「從今往後，我一定會學好的。」

「男孩子在求人時，都是這麼說的，」傑佩托答道。

「我向您保證，我每天要去上學，好好學習，出人頭地。」

「男孩子在想達到自己的目的時，都會這麼說。」

「我跟別的男孩子不一樣！我比他們都乖，從不說謊。爸爸，我向您保證，我一定要學會一種技術，等您老了，讓您安心，有個依靠。」

傑佩托雖然板著臉，可看到皮諾丘那副可憐的模樣，不禁眼睛裡盈滿了淚水，心軟了下來。他不再說什麼，拿起了工具和兩塊木頭，專心地工作。

不到一個小時，腳就做好了。兩隻小腳丫，細巧又敏捷，

有力又迅速，就像是出自藝術家之手。

「閉上眼睛睡覺吧，」傑佩托對木偶說。

皮諾丘閉上眼睛，假裝睡著了。同時，傑佩托在蛋殼中融了點膠，用膠把兩隻腳黏到了皮諾丘的腿上，黏得簡直天衣無縫，一點痕跡都看不出來。

木偶一感覺到有了腿，就從桌子上跳了下來，到處亂蹦亂跳，都快樂瘋了。

「為了表示對您的感激之情，爸爸，我想立刻就去上學。不過上學得有套衣服才行。」

傑佩托的口袋裡連半毛都沒有，於是用彩紙給他做了一件衣服，用樹皮做了一雙鞋，用麵團做了一頂小帽子。皮諾丘跑到一隻盆前，對著盆裡的水照了照，感到滿心歡喜，洋洋得意地說：

「我還真像個紳士呢！」

「沒錯，」傑佩托贊同道，「不過你也別忘了，紳士不一定非得穿得漂亮，但一定要穿得乾淨整潔。」

「說得對，」皮諾丘回答說，「不過要上學，我還缺了一件非常重要的東西。」

「缺什麼？」

「缺課本。」

「確實，可是我們怎樣才能弄到課本呢？」

「這簡單。我們到書店去買一本吧。」

「那錢呢？」

「我沒錢。」

「我也沒有啊，」傑佩托傷心地說。

雖說皮諾丘一向開開心心的，但聽了這些話，也不禁感到氣餒。貧窮——一旦降臨到自己頭上，就連調皮的孩子也懂這是怎麼回事。

「這又有什麼關係？」傑佩托突然從椅子上站了起來，說道。他穿上他那件補滿補丁的舊外套，就往外跑，一句話也不多說。過了一會兒，他回來了，手裡拿著兒子的課本，可是那件外套卻不見了。可憐的老頭兒只穿了一件襯衣，而天卻那麼冷。

「爸爸，你的外套呢？」

「我把它賣了。」

「您為什麼把外套賣掉？」

「天氣太暖了。」

皮諾丘一下子明白了是怎麼回事，撲過去，摟著父親的脖子，親個沒完，眼淚簌簌地往下流。

CHAPTER 9
皮諾丘賣了課本去看木偶戲

＊

　　皮諾丘夾著嶄新的課本，朝著學校跑去，你看他那個快樂的模樣！一邊跑，腦裡還一邊幻想成千上百的美好事物，構築成無數的空中樓閣。他自言自語說：「我今天在學校就要學會認字，明天就要學會寫字，後天學會算術。然後呢，憑我的聰明才智，我會賺好多好多錢。等我一賺到錢，我就馬上幫爸爸買一件新外套。布外套，我說過是布的嗎？不，我要給他買一件金銀外套，配上寶石鈕子。可憐的爸爸應該要有這樣的衣服，為了給我買課本，他不是還穿著襯衣嗎？而且天氣還這麼冷！只有當爸爸的才會對孩子這麼好！」

　　就在他自言自語的時候，他隱隱約約聽到遠處傳來笛子和鑼鼓聲——鏘鏘鏘——咚咚咚。

　　他停下腳步仔細聽起來，聲音是從一條小巷傳過來的，小巷一直通到海邊的一個小村子。

　　「那會是什麼音樂？真討厭，我還得去上學，要不然……」

　　他站在那，有點猶豫不決。無論如何，他必須作出決定：要不去上學，要不就去聽別人吹笛子。

「今天我去聽別人吹笛子好了，明天再去上學，反正上學有的是時間。」皮諾丘聳了聳肩，終於下定了決心。

說做就做，他立刻衝進那條小巷，像一陣風般跑起來了。越往前跑，笛聲和鼓聲就聽得越清楚——鏘鏘鏘——咚咚咚。

突然，他發現自己來到一個大廣場，廣場上有一個五顏六色的木棚，棚前聚滿了人。

「那木棚是做什麼的？」皮諾丘問身邊一位男孩。

「牌子上有寫呢，看了就知道。」

「我倒是想看，可是我今天還認不得字。」

「哦，是嗎？那我來念給你聽。聽著，那牌子上像火一樣的字寫的是：木偶大劇場。」

「戲是啥時開演的？」

「剛開演。」

「門票要多少錢？」

「四分錢。」

皮諾丘太想知道裡面演些什麼，也顧不了什麼尊嚴，便厚著臉皮對那男孩說：

「你能不能先借我四分錢？我明天就還給你。」

「我倒是很想借給你，」那孩子嘲笑說，「可是很不巧的，不能借給你。」

「那我把外套賣給你，你給我四分錢。」

「要是下雨的話，我該拿一件彩紙做的外套怎麼辦？我再也脫不下來了。」

「你想買我的鞋子嗎？」

「你的鞋子只能用來生火。」

「我的帽子呢？」

「這倒真是件好東西！一頂用麵團做的帽子！說不定老鼠會跑到我腦袋上來偷吃呢！」

皮諾丘急得眼淚都快下來了。他想拿出最後一件東西，可又沒有勇氣。他猶豫不決，遲疑不定，下不了決心。最後他終於說：

「我把這本書用四分錢賣給你，行不行？」

「我還是個孩子，不向別的孩子買東西，」小男孩比皮諾丘有頭腦多了，回答說。

「我用四分錢來買你的課本，」站在路邊的一位撿破爛的說。於是課本被當場轉交。想想老傑佩托有多可憐吧！他為了幫兒子買課本，自己正穿著一件薄薄的襯衫在家裡冷到打噴嚏呢！

CHAPTER 10

木偶們認出了他們的兄弟皮諾丘，當他們鬧得
正開心時，木偶藝人「食火」出來了，皮諾丘差點送命

*

　　皮諾丘像閃電一般，消失在木偶劇場裡。接下來劇場內
發生了一件事，幾乎引起了一場騷亂。

　　此時幕已經拉開，演出已經開始了。

　　舞臺上，木偶哈勒昆和普齊奈拉正在背誦臺詞，並且像
往常一樣，用棍子和拳頭威脅對方。

　　劇場裡擠滿了觀眾，都在欣賞兩個木偶滑稽的表演，
並且盡情地歡笑，到最後眼淚都笑噴出來。

　　演出進行了幾分鐘，哈勒昆突然毫無徵兆地閉上了嘴，
轉身朝向觀眾，用手指著觀眾席的後排，激動地喊道：

　　「看啊！看啊！我這不是做夢吧？那底下的不是皮諾丘嗎？」

　　「沒錯，沒錯！就是皮諾丘！」普齊奈拉也尖叫道。

　　「對，就是他！」羅薩烏拉夫人從舞臺邊上探出腦袋叫
起來。

　　「是皮諾丘，是皮諾丘！」所有的木偶都都從舞臺兩側跑
出來，齊聲喊著。

　　「是皮諾丘！是我們的兄弟皮諾丘！皮諾丘萬歲！」

「皮諾丘，到我這來！」哈勒昆喊道。「到你的木偶兄弟們的懷抱裡來吧！」

在木偶們熱情的邀請下，皮諾丘一個箭步就從觀眾席的後排蹦到了前排，再一步就蹦到了貴賓席，第三步就蹦到了舞臺上。

木偶劇團的男女演員們不顧一切地蜂擁而上，又親又抱，又喊又叫，舞臺上亂成一團，簡直無法用言語形容。

這場面令人激動，可臺下的觀眾看到戲不往下演了，就生起氣來，齊聲喊道：

「看戲，看戲啦，我們要看戲啦！」

觀眾的喊聲完全沒有作用，木偶們不但不接著往下演，反而鬧得更厲害了。他們用肩膀扛著皮諾丘，像慶祝勝利一樣，抬著他在舞臺上亂跑。

就在這時，木偶藝人出來了。木偶藝人長得很凶，一看就讓人膽顫心驚。他的鬍子又黑又長，從下巴一直垂到地上。他的嘴大得像個烤箱，黃黃的牙齒像毒蛇的牙，眼睛像兩塊燒紅的炭。他那長滿了毛的大手裡拿著一條鞭子，是用綠蛇和黑貓尾巴擰成的，鞭子抽得劈啦作響。

一看到木偶藝人這個鬼怪般的人，全都鴉雀無聲。那些可憐的木偶們，不論是男是女，是老是少，都嚇得渾身顫抖，就像暴風雨中的樹葉一般。

「你幹嘛到我的劇場來搗亂？」大塊頭問皮諾丘，那嗓音就像一個得了重感冒的食人妖。

「請相信我，大人，這不能怪我。」

「閉嘴！給我安靜！我等一下再收拾你。」

戲剛演完，木偶藝人就走進廚房，那裡正烤著一隻大肥羊，正在叉上慢慢地轉著。烤羊用的木柴不夠用了，於是他叫來哈勒昆和普齊奈拉，對他們說：

「去把那個木偶給我帶來！他似乎是用乾柴做成的，扔到火裡肯定燃得旺極了，烤肉沒問題。」

哈勒昆和普齊奈拉猶豫了一下，可是木偶藝人一瞪眼，他們被嚇得只好聽命行事。過了幾分鐘，他們架著皮諾丘回到了廚房。可憐的皮諾丘像黃鱔一樣，不停地扭動、掙扎，絕望地喊著：

「爸爸呀，救救我吧！我不想死啊，我不想死啊！」

CHAPTER 11

食火打了噴嚏，饒恕了皮諾丘。
皮諾丘又救了他的朋友哈勒昆

*

劇場裡現在一片混亂。

木偶藝人叫做「食火」，長得很醜，不過內心卻不像外表看上去的那麼壞。你不信的話，你看看他是怎麼對待皮諾丘的。當他看到可憐的皮諾丘被帶進廚房，拼命又掙扎地喊道：「我不想死啊，我不想死啊！」他不禁同情起皮諾丘，本來有一點猶豫，後來心就軟了下來。到最後，他實在忍不住了，就打了一個大噴嚏。

一聽到這個響亮的噴嚏，剛才還傷心欲絕的哈勒昆立刻笑了起來，低下頭小聲對皮諾丘說：

「好消息呀，我的兄弟！食火打噴嚏啦。他一打噴嚏就代表他已經可憐你了，你有救啦。」

有時候，別人在傷心時，都是哭泣或揉揉眼睛。食火卻不同，他有個毛病——每當他不開心時，就會打噴嚏。雖然與眾不同，他卻用這種特殊方法來證明自己心地善良。

打完了噴嚏，食火儘管沒有變得漂亮，卻衝著皮諾丘喊道：

「別哭啦！你哭得我肚子裡面好難受，哈瞅，哈瞅！」

他又連著打了兩個大噴嚏。

「祝您好運！」皮諾丘說。

「謝了。你爸爸、媽媽都還活著嗎？」食火問皮諾丘。

「爸爸還活著，可是我從沒見到過媽媽。」

「我要是把你當柴火燒了，誰知道你爸爸會有多傷心呢！可憐的老頭，我真同情他！哈瞅，哈瞅，哈瞅！」他又打了三個噴嚏，一個比一個響亮。

「祝您好運！」皮諾丘說。

「多謝，可是這下子我要為自己難過了。我的晚飯完了。柴火不夠用，羊肉還是生的呢。沒關係，我就用其他木偶當作柴火吧。喂，憲兵！」

聽到命令，來了個木頭憲兵，長得又高又瘦，像根繩子，頭上戴著憲兵帽，手裡握著劍。

食火用他那粗糙的聲音對憲兵說：

「給我抓住哈勒昆，把他綁起來，扔到火裡去。我希望把我的羊烤得香噴噴的。」

你們想像一下可憐的哈勒昆那時的感覺！他嚇得兩腿一軟，撲通一聲倒在地上。皮諾丘看到這令人心碎的一幕，撲倒在食火的腳下，失聲痛哭，低聲、苦苦哀求道：

「行行好吧，求您饒了他吧，老闆！」

「這裡可沒什麼老闆。」

「行行好吧，先生！」

「這裡沒什麼先生！」

「行行好吧，閣下！」

聽到皮諾丘叫自己「閣下」時，木偶藝人立刻坐直，揣著鬍鬚，不再那麼鐵石心腸，笑著大聲問皮諾丘：

「那麼——好吧，你想要我怎麼做呢，小木偶？」

「我求您饒了我可憐的朋友哈勒昆，他這輩子可從來沒幹過任何壞事。」

「這可不是饒不饒的問題，皮諾丘。我饒了你，哈勒昆就必須代替你被燒掉。我餓了，必須把晚飯做好。」看樣子木偶藝人再也不會讓步了。

「既然這樣，」皮諾丘從地上站了起來，把自己那頂麵團做的帽子一扔，視死如歸地喊道，「既然這樣，我知道我該怎麼做了。來吧，憲兵，把我捆起來扔到火裡去吧！我不能讓哈勒昆替我去死，他可是我在這世上最好的朋友。」

這幾句話，皮諾丘說得鏗鏘有力，慷慨激昂，在場的所有木偶都感動得哭了，就連木頭做的憲兵，也像嬰兒一樣哭了起來。

食火起初冷若冰霜，不為所動，但慢慢地也開始感動起來，又打起了噴嚏。連打了四五個噴嚏後，他張開雙臂，對皮諾丘說：

「真是勇敢的小子！來，到我懷裡來，親親我。」

皮諾丘馬上跑了過去，像小松鼠一樣順著木偶藝人的鬍子爬了上去，照著他的鼻子尖親了一大口。

「這麼說您饒了我啦？」可憐的哈勒昆問道，聲音低得跟蚊子一樣。

「饒了你了，」食火回答。然後他又搖搖頭，嘆息道：「唉！今天晚上只好吃半生不熟的羊肉了。不過下不為例，木偶們！」

　　哈勒昆被免去一死的好消息一傳開，所有的木偶都跑到了舞臺上，點亮了所有的燈，又跳又唱的，一直到天亮。

CHAPTER 12

食火給了皮諾丘五枚金幣，讓他帶給爸爸。
皮諾丘遇到了狐狸和貓，尾隨他們走了

*

第二天，食火把皮諾丘叫到一旁，問他：

「你父親叫什麼名字？」

「傑佩托。」

「他是做什麼的？」

「他是個木雕師。」

「他賺的錢多嗎？」

「多，多得口袋裡連一分錢都沒有。您想想看，為了給我買課本，他不得不把他自己唯一的外套給賣掉，而就連那外套也滿是補丁，沒有一塊好布。」

「可憐的傢伙，真讓人同情。來，把這五枚金幣拿去，交給你爸爸，代我向他問好。」

不難想像，皮諾丘對木偶藝人是千恩萬謝。他把劇團的木偶們親遍了，甚至連憲兵也沒遺漏，然後喜不自禁地踏上了回家的路。然而還沒走上半英里路，皮諾丘就遇上了一隻瘸腿的狐狸和一隻瞎眼的貓。他們相互攙扶著，像是一對好朋友。瘸腿狐狸走路時靠在貓的身上，瞎貓則靠狐狸引路。

「早上好，皮諾丘，」狐狸殷勤地招呼道。

「你怎麼知道我的名字呢？」木偶問道。

「我跟你爸爸很熟啊。」

「你在哪看見他的呀？」

「我昨天還看見他在家門口站著呢。」

「他在幹什麼呀？」

「穿著襯衫，冷得直打噴嚏。」

「可憐的爸爸呀！不過老天有眼，從今以後，他再也不會受苦了。」

「為什麼？」

「因為我現在是個有錢人啦。」

「你這樣是有錢人？」狐狸說完哈哈大笑起來。貓也在笑，不過卻揣著鬍鬚，加以掩飾。

「這有什麼好笑的，」皮諾丘生氣地喊道，「我不過不想讓你們看得流口水罷了，你們看，我這有五枚大金幣呢。」

說完，他把食火送給他的五枚金幣掏了出來。

一聽到金幣那悅耳的響聲，狐狸不由自主地伸出它那條偽裝的瘸腿，貓則睜開了兩顆像燃燒的煤炭般的眼睛，但馬上又閉上了，不過皮諾丘卻一點都沒有察覺到。

「那麼現在，」狐狸問他，「你想用這些幹什麼呢？」

「首先，」皮諾丘回答，「我要給爸爸買一件漂亮的新外套，一件金銀做的外套，要用鑽石做釦子。然後，我要買一本課本給自己。」

「給你自己？」

「那當然。我想上學，想好好學習。」

「那你就看看我吧！」狐狸說。「我因為傻傻的要去學習，結果丟了一條腿。」

「再看看我吧！」貓說。「我也因為傻傻的也要學習，兩顆眼睛都瞎了。」

這時，一隻落在路邊圍籬上的烏鴉尖叫道：

「皮諾丘，不要聽這樣的鬼話，不然你會後悔的！」

可憐的烏鶇！牠要是不這麼說，也就沒事了！一眨眼，那貓猛撲上去，把牠連骨頭帶毛全都給吃了。吃完後，牠抹抹嘴，又閉上了眼睛，裝起瞎子來。

　　「可憐的烏鶇！」皮諾丘對貓說，「你幹嘛把牠殺了？」

　　「我這是給牠教訓。牠話太多。下次，牠就不會在別人說話時插嘴了。」

　　這時，皮諾丘、狐狸和貓已經一同走了很長一段路。突然，狐狸停下了腳步，對皮諾丘說：

　　「你想不想讓你的金幣翻倍？」

　　「什麼意思？」

　　「你想不想讓你那少得可憐的五枚金幣變成一百枚，一千枚，甚至是兩千枚？」

　　「當然想啦！但怎麼變呢？」

　　「簡單啦。你先別回家，跟我們走吧。」

　　「你們要把我帶到哪去？」

　　「上笨蛋城去。」

　　皮諾丘想了一下，然後堅決地說：

　　「不，我不去。就快到家了，我爸爸還在家等著我呢。昨天我沒回家，誰知道他會有多傷心啊。我是個壞孩子，還是會說話的蟋蟀說得對：『這個世界上，不聽話的孩子是沒有好下場的。』我已經吃了苦頭，親身體驗到了。就在昨天晚上，食火……咳！一想到昨晚的事，到現在我還覺得背脊發涼呢。」

「好吧，」狐狸說，「你要是想回家，那你就回吧，不過你會後悔的！」

「你會後悔的！」貓重複著。

「好好想一想，皮諾丘，你這是在拒絕幸運女神啊。」

「拒絕幸運女神啊！」貓又重複著。

「到了明天，你那五枚金幣就會變成兩千枚。」

「兩千枚！」貓再次重複道。

「五枚金幣怎麼可能變得那麼多呢？」皮諾丘問，心裡實在是不明白。

「我來告訴你吧，」狐狸說。「笨蛋城外有一塊肥沃的田地，大家都叫它『奇蹟之田』。你只要在這塊田地裡挖一個小洞，然後在洞裡放進一枚金幣，用土埋好，澆水，再撒上點鹽，然後去睡覺。到了夜裡，金幣就會發芽、開花。第二天的一大早，你會看到一棵漂亮的樹，樹上結滿了金幣。」

「那麼我如果把五枚金幣全都埋下去，」皮諾丘驚叫起來，越來越覺得不可思議，「第二天早上能得到多少金幣呢？」

「這太好算了，」狐狸回答。「彎幾根手指頭，一算就出來了。假設一枚金幣能生出五百枚金幣，那就用五百乘以五，第二天的早晨，你就會發現兩千五百枚閃閃發光的新金幣。」

「太好啦！太好啦！」皮諾丘高興得手舞足蹈。「我得到這些金幣後，我只要兩千枚，另外五百枚送給你們。」

「送給我們？」狐狸假裝生氣地說。「唉呀，千萬不要這樣！」

「千萬不要這樣！」貓重複著。

「我們這麼做可不是為了自己獲利，」狐狸接著說。「我們可是一心想讓別人發財致富。」

「讓別人發財致富！」貓重複著。

「真高尚的人啊！」皮諾丘心想。他立刻忘了他的爸爸，忘了新外套，忘了課本，忘了所有他說過要做的事，對狐狸和貓說：

「走吧，我和你們一起。」

CHAPTER 13

「紅蝦」旅店

*

　　貓、狐狸和皮諾丘走啊走，走啊走。傍晚的時候，終於來到了「紅蝦」旅店，每個人都累得要趴下了。

　　「我們在這休息一下吧，」狐狸說，「吃點東西，休息幾個小時，半夜再接著趕路，明天天亮時必須趕到『奇蹟之田』。」

　　他們走進旅店，圍著一張桌子坐下，不過他們都不怎麼餓。

　　可憐的貓覺得很空虛，只能沾著番茄醬吃了三十五條緋鯉魚，外加四份乳酪牛肚。這還不夠，又要了四份黃油和乳酪。

　　狐狸經過一番勸說，勉強吃了一些，不過醫生叮囑要控制飲食，因此，沒辦法，他只要了一隻小野兔再燴了十幾隻嫩嫩的雞。吃完野兔，他又要了一些山鶉、幾隻野雞、兩隻家兔以及十幾隻青蛙與蜥蜴之類的料理，然後就沒再要別的。他覺得不太舒服，再也吃不下了，一口也吃不下了。

　　三位當中皮諾丘吃得最少。他只要了一小塊麵包和幾顆核桃，卻幾乎沒動過。可憐的傢伙一心想著奇蹟之田，正患上了金幣消化不良症。

吃完晚飯，狐狸對店主說：

「幫我們開兩個房間，一間給皮諾丘先生，另一間給我和我的朋友。出發前，我們要睡一覺。別忘了，半夜要叫醒我們，我們還得趕路呢。」

「好的，先生，」店主回答，還朝著狐狸和貓擠眉弄眼，好像在說：「我明白。」

皮諾丘剛一上床，就睡著了，還做了夢。他夢見自己在一塊田地裡，田地裡長滿了葡萄樹，樹上掛滿了葡萄。這些葡萄不是別的，全都是金幣，風一吹，叮叮噹噹作響，就好像在說：「誰要摘就來摘吧。」皮諾丘正要伸出手摘，就被三聲猛烈的敲門聲驚醒了。原來是店主，他來告訴皮諾丘已經半夜了。

「我的朋友都準備好了嗎？」皮諾丘問店主。

「那還用說！他們早在兩個小時前就走了。」

「幹嘛這麼著急？」

「貓收到一封電報，電報上說他的大兒子凍傷了腳，快死了。他趕著回去，來不及跟您道個別。」

「他們付晚飯的錢了嗎？」

「他們怎麼會做這樣的事呢？他們可都是有教養的人，怎麼會惹您生氣，不讓您來付錢呢！」

「真遺憾！ 我倒真希望他們惹我生氣呢！」皮諾丘撓著頭說，然後又問：「我的好朋友們說過在哪等我了嗎？」

「明天早上天亮時，奇蹟之田不見不散。」

皮諾丘只能為三份晚飯的費用，付出一枚金幣，然後前往那塊將讓他成為有錢人的田地去。

　　他一直往前走，也不知道該往哪裡去。四周一片漆黑，什麼都看不見，也聽不見樹葉翻動的聲音。偶有幾隻蝙蝠從他的鼻子前掠過，把他嚇得半死。有一兩次，他被嚇得喊出聲：「誰在那裡？」遠處的山丘傳來回音：「誰在那裡？誰在那裡？誰在……？」

　　走著走著，他看到一棵樹的樹幹上有一隻小蟲子，身上閃著微弱柔和的光。

　　「你是誰？」皮諾丘問。

　　「我是會說話的蟋蟀鬼魂，」小蟲子回答說，微弱的聲音好像是從另一個世界傳出來的。

　　「你想幹嘛？」木偶問。

　　「我想給你個忠告。回家去吧，把剩下的四枚金幣拿回去給你可憐的爸爸。他已經好多天沒見到你了，正在哭呢。」

　　「明天我爸爸就是有錢人啦，因為這四枚金幣會變成兩千枚。」

　　「我的孩子，千萬別相信那些讓你一夜暴富的傢伙。一般來說，他們不是笨蛋就是騙子！聽我的話，回家去吧！」

　　「但我想去。」

　　「時間太晚了！」

　　「我想去。」

　　「天色太黑了！」

「我想去。」

「路上很危險。」

「我想去。」

「你要記住，任性的孩子遲早會後悔的。」

「又是這老梗的說法。再見，蟋蟀。」

「再見，皮諾丘，願老天保佑你。」

接下來是一陣沉默，然後會說話的蟋蟀所發出的微光一下子就熄滅了，好像被人吹滅了。路途，再一次陷入黑暗之中。

CHAPTER 14
皮諾丘不聽蟋蟀的勸告，落入強盜之手

＊

「天啊，喔，天啊！想一想吧，」皮諾丘重新上路後，自言自語道，「我們這些男孩子還真倒楣。人人都來訓斥我們，人人都來勸誡我們，人人都來給我們出主意。我們要是任憑差遣，人人都想做我們的人生父母；人人都這樣，連會說話的蟋蟀也這樣。拿我當例子吧，就因為我不想聽那煩人的蟋蟀嘰哩呱啦，牠就說我要遭多少多少的殃，還說要遇上強盜！鬼才會相信牠們，我永遠也不信。聽我說，強盜的故事都是爸爸媽媽們編出來嚇唬孩子的，怕他們晚上跑出去。再說，就算碰上強盜，又會怎麼樣？我要衝上去對著他們喊：『先生們，你們想要幹什麼？別想唬弄我！閃邊去，該幹嘛就去幹嘛。』聽了我這番話，我幾乎可以肯定那些強盜會像一陣風似的跑得不見蹤影。不過萬一他們要是不跑，我自己總可以跑吧。」

皮諾丘話還沒來得及仔細思考，就聽到自己身後的樹葉中間傳來一陣窸窸窣窣的聲音。

他轉身一看，看到黑暗中有兩個人影，從頭到腳都藏在黑袋子中。兩個人像鬼一樣，輕飄飄地向他跳過來。

「還真有強盜啊!」皮諾丘自言自語道。他不知道把那四枚金幣藏在哪比較好,便往嘴裡一塞,藏在了舌頭底下。

他就想逃跑,可是還沒邁開步伐,就感到兩隻手臂被人抓住了,還聽到兩個低沉而恐怖的聲音對他說:「留錢還是留一條命?」

由於金幣藏在嘴裡,皮諾丘一句話也說不出,只好又是點頭擺腰,又是做手勢,想說明自己只是一具窮木偶,袋子裡連一分錢都沒有。

「好啦,好啦!廢話少說,把錢拿出來!」兩個強盜威脅道。

皮諾丘還是用頭和雙手比劃著,意思是「我沒錢」。

「把錢拿出來,要不然就要你的命,」長得比較高的強盜說。

「要你的命!」另一個又重複了一遍。

「殺了你之後,還要殺你爸爸!」

「還要殺你爸爸!」

「不,不,別殺我爸爸!」皮諾丘被嚇得叫出來,然而他這一聲,嘴裡的金幣就發出聲響了。

「哈,你這個賴皮鬼!這就是你玩的小把戲——把金幣藏在舌頭底下啊?馬上給我吐出來!」

皮諾丘對此不理不睬。

「你聾了嗎?你等著,小鬼頭,我們馬上就會讓你把錢吐出來!」

說完，其中一個人抓住皮諾丘的鼻子，另一個則抓住他的下巴，猛拉著想讓他把嘴張開。

　　可是他卻白費力氣了。木偶的嘴像釘死了一樣，就是不張開。

　　比較矮的強盜急了，從口袋裡就掏出一把刀，想用刀子把皮諾丘的嘴撬開。

　　說遲不遲，皮諾丘一下子就用牙齒咬住了強盜的手，把他的手咬斷，然後吐了出來。皮諾丘發現吐出來的不是一隻手，而是一隻貓爪子，不用說他的表情有多驚訝了。

　　首戰有了好結果，皮諾丘大受鼓舞。他掙脫了強盜的魔爪，躍過路邊的圍籬，拔腿向田野跑去。兩個強盜跟在後面窮追不捨，就像兩隻獵犬在追逐一隻野兔。

　　跑了大約有七英里之後，皮諾丘幾乎再也跑不動了。他不知道自己到了什麼地方，只好爬上一棵高高的松樹，坐在樹梢上察看一下四周的情況。強盜也想爬上去，可是卻滑下去，摔倒了。

　　這並沒有讓他們就此善罷干休，相反地卻惹惱了他們，於是他們撿了一捆乾柴，堆在松樹根下，點起火來。松樹一下子就劈劈啪啪燒起來，像被風吹的蠟燭一樣。眼看著火苗越竄越高，皮諾丘不想被燒死，於是縱身一躍，跳到地上，拔腿就跑，強盜則還像之前一樣，在後面緊追不放。

　　天漸漸亮了，皮諾丘突然發現前面有著一池大水塘，塘裡集滿了像混濁的咖啡一樣的死水。

怎麼辦？

「一，二，三！」，皮諾丘一下子就跳到了對岸。兩個強盜也想跳過去，不過沒有估算好距離——撲通——撲通，掉在了水溝的中央。皮諾丘聽到撲通的聲音，感覺到濺起的水花，不由自主地哈哈大笑，邊跑邊說：

「希望你們洗得開心，先生們。」

皮諾丘以為兩個強盜都被淹死了，可當他回頭看時，發現兩個褐色的人影仍然在後面追著，身上依舊罩著麻袋，卻濕漉漉的。

CHAPTER 15
強盜追趕皮諾丘，追上之後，把他吊在一棵大橡樹上

*

皮諾丘一邊跑，心裡慢慢浮現一種想法，那就是到頭來自己還是要落入跟蹤的人的手裡。突然，他看見樹林裡有一棟白色房子，像雪一樣耀眼。

「要是我還有力氣，能跑進那座小房子，也許我還能得救，」皮諾丘自言自語道。

於是他一刻也不敢怠慢，飛快地在樹林中穿越，兩名強盜仍然緊跟在後面。

他拼命跑了好幾個小時，跑到精疲力盡，上氣不接下氣，最後終於跑到了房子門前敲門。

沒人回應。

他又敲了幾下，比前一次敲得更響，因為他聽見身後傳來追他的人的腳步聲和喘氣聲。

但還是沒人答應。

皮諾丘一看敲門不管用便開始著急了，對門又踹又撞的，似乎想破門而入。喧囂聲中，某扇窗子打開了，一位可愛的少女探出頭來。少女長著一頭藍色的頭髮，臉像蠟一樣白，

雙眼緊閉，兩手交叉在胸前，用細到幾乎聽不見的聲音說：

「這棟房子裡沒有活人了，人都死光了。」

「那至少你可以把門打開啊！」皮諾丘哭著哀求道。

「我也是死人。」

「死了？那你在窗戶那幹嘛？」

「我在等棺材來把我運走。」

話剛一說完，少女就消失了，窗戶也隨之不聲不響地關上了。

「美麗的藍髮少女啊，」皮諾丘喊道，「求您給我開開門吧！可憐一下我這個正在被強盜追趕的孩子……」

他的話還沒有說完，脖子就被兩隻有力的手給抓住了，耳邊傳來那兩道熟悉的惡狠狠的聲音：

「這下你跑不掉了吧。」

看到自己死到臨頭了，木偶不由自主地顫抖起來，抖得連他兩條木頭腿的關節和藏在舌頭底下的金幣都響了起來。

「怎樣？」強盜問，「這次，還敢不張開嘴啊？如何？還是什麼都不肯說？好吧，這次——你一定會張開嘴的。」

他們掏出兩把長長的尖刀，照著木偶的背上就狠狠地砍了兩刀。

幸虧皮諾丘是用非常硬的木頭做成的，使得刀刃崩解、粉碎了。兩個強盜手握著刀柄，面面相覷。

「我知道了，」其中一個說，「看來只能吊死他了。」

「吊死他！」另一個重複道。

他們把皮諾丘的手反綁在背後，把繩圈套在他的脖子上，然後把他的身體甩過一棵大橡樹的樹枝，用力地拉，把可憐的木偶吊在半空中。

　　完成後，兩人很滿意，便在草地上坐下，等待皮諾丘斷氣。三個小時過去了，皮諾丘仍然睜著眼睛，閉著嘴，兩條腿還越踹越有力。

　　兩個強盜實在等得不耐煩了，於是對著皮諾丘冷笑說：

　　「明天見吧。但願明天早上我們回來時，你能稍微禮貌一點，讓我們發現你已經死了，大難臨頭，嘴巴張得開開的。」

　　說完，他們便走了。幾分鐘後，刮起了大風。大風呼嘯著，把可憐的皮諾丘吹過來吹過去，就像鐘擺一般。搖來晃去的讓皮諾丘覺得噁心，套在脖子上的繩圈越勒越緊，讓他喘不過氣。他的眼前越來越模糊。

　　死神越來越近，小木偶還是希望會有好心人來救他，但是卻連個人影都沒有。臨死前，他想起了他可憐的爸爸，不知不覺地喃喃自語道：

　　「喔！爸爸，親愛的爸爸！您要是在這，那有多好啊！」

　　這些就是他的臨終遺言。他閉上了眼睛，張開了嘴巴，伸直了腿，吊在那就像死了一樣。

CHAPTER 16

可愛的藍頭髮少女讓人帶回可憐的皮諾丘，
把他放到床上，又請來三位醫生，看看他是死是活

*

可憐的小木偶要是再多吊一下就連點希望都沒有了。不過很幸運，藍頭髮的可愛少女又從窗戶探出頭來。看到可憐的皮諾丘在大風中無助地晃來晃去，她的心就軟了。她用力拍了三下手，只聽見一陣翅膀的拍動聲，然後來了一隻大鷹，落在窗臺上。

「可愛的仙女，您有什麼吩咐？」大鷹垂下嘴，恭敬地問。

我告訴你們──這個藍頭髮的可愛少女不是別人，而是一個心地極其善良的仙女，已經住在森林裡一千多年了。

「你看到那棵大橡樹的樹枝上吊著的木偶了嗎？」

「看到了。」

「好的。你馬上飛過去，用你那有力的嘴啄斷他身上的繩子，把他鬆綁，輕輕放在大橡樹底下的草地上。」

大鷹飛走了，兩分鐘後又飛回來了，說：「我已經遵照您的吩咐處理完成了。」

　　「他現在情況怎麼樣？是死是活？」

　　「我看了一下，還以為他死了。不過我後來發現自己錯了，我剛把他脖子上的繩索解開，他就長呼了一口氣，低聲嘟囔了一句：『現在好多了』。」

　　仙女拍了兩次手，一隻巨大的捲毛狗挺著身體走出來，就跟人一樣。捲毛狗一身宮廷侍衛的穿著：頭上戴著一頂歪歪的、鑲著金邊的三角帽，白色假髮的髮捲尾一直垂到手腕旁；上半身穿了一件漂亮的巧克力色的天鵝絨大衣，衣服上鑲著鑽石釦子，兩個大口袋裡隨時有著可愛的女主人吃飯時賞給牠的骨頭；下半身穿一條大紅色的天鵝絨短褲；腳上穿著一雙絲襪，踩著一雙銀邊扣的淺口便鞋；尾巴上套著一個藍緞帶做的飾套，防止下雨時被雨淋濕。

　　「來，梅德羅，」仙女對捲毛狗說。「把我最漂亮的馬車栓好，到森林裡去。到了大橡樹下，你會看到草地上躺著一個可憐的木偶，奄奄一息的樣子。你把他輕輕地抬起來，放到馬車裡的緞布座墊上，帶到我這兒來。」

　　捲毛狗搖了兩三下用藍緞帶套住的尾巴，表示牠明白了，然後迅速離開。

　　沒過多久，一輛可愛的小馬車從馬廄中駛出。這輛玻璃做的馬車周圍都裝飾了金絲雀的羽毛，裡面的內襯像牛奶和黃油布丁一樣柔軟。拉車的是一百對小白鼠，捲毛狗坐在馬

伕的位置上，快樂地揮動著鞭子，好像一位拚命趕路的真正的馬伕一樣。

十五分鐘後，馬車就回來了。在門口焦急等待的仙女把皮諾丘抱在懷裡，把他帶到一個用珍珠砌成的小房間裡，放到床上，然後立刻派人去把附近最有名的醫生請來。

三位醫生陸續趕到了，第一位是烏鴉，第一位是貓頭鷹，第三位是會說話的蟋蟀。

「我想請各位先生告訴我，」仙女對圍在皮諾丘床邊的三位醫生說，「這具不幸的木偶是死是活？」

聽到仙女詢問，烏鴉走上前，摸了皮諾丘的脈搏，然後試了試他的鼻息，又摸了摸他的腳趾，然後宣佈：

「依敝人所見，木偶已經死亡，倘若不幸未死，則可以肯定此人命未盡矣。」

「敝人很遺憾，」貓頭鷹說，「不過對聞名世界的朋友兼同事——烏鴉的意見，敝人不敢苟同。敝人以為木偶仍然活著。倘若不幸不活，則可以肯定此人命已盡矣。」

「您不發表看法嗎？」仙女問會說話的蟋蟀。

「在下認為，一位聰明的醫生，要是不清楚他說的是什麼，最好什麼也別說。不過在下對這具木偶並不陌生。在下與他早就相識。」

這時，一直很安靜的皮諾丘突然劇烈抖動，整張床都跟著晃起來。

「這具木偶，」會說話的蟋蟀接著說，「是超級壞的小流氓。」

皮諾丘睜開了眼睛，但馬上又閉上了。

「他粗魯又懶惰，還離家出走。」

皮諾丘羞得把頭藏到被子裡。

「這具木偶很不聽話，老是傷他父親的心。」

這時，他們聽到了令人心碎的抽泣聲、哭喊聲和長長的嘆息聲。他們掀開被子後，發現皮諾丘哭得一塌糊塗，你們可以想想他們有多驚訝。

「死人一旦會哭，便說明他們已開始恢復，」烏鴉正經地說。

「敝人很遺憾，不能苟同敝人聞名於世的朋友兼同事的意見，」貓頭鷹說道。「就敝人而言，敝人認為，死人一哭，就說明他不想死了。」

CHAPTER 17

皮諾丘吃了糖，卻不想喝藥。抬棺材的人來了，他趕快喝藥並復原。後來他又說謊，結果受到了懲罰，鼻子變長了

*

　　三位醫生一離開房間，仙女就走到皮諾丘的床邊，摸摸他的額頭，發現他正發著高燒，便倒了杯水，加了點白色粉末，然後把水杯遞給皮諾丘，憐憫地說：

　　「把這個喝了，過幾天你就會好了。」

　　皮諾丘看了看杯子，擺出哭泣的表情，呻吟道：「是甜的還是苦的啊？」

　　「苦的，不過對你有好處。」

　　「要是苦的，我不想喝。」

　　「把它喝掉。」

　　「我不喜歡苦的東西。」

　　「把它喝掉。喝完了，我給你一顆糖，可以除掉嘴裡的苦味。」

　　「糖在哪？」

　　「在這，」仙女說著，從一個金色糖罐裡掏出一顆糖。

　　「我想先吃糖，然後再喝那苦水。」

　　「你是說真的嗎？」

「那還用說。」

仙女把糖遞給他。皮諾丘一下子就把糖咬碎了，吞了下去，嘖嘖稱道：

「要是糖是藥該有多好啊！這樣的話，我天天吃也願意。」

「我說話算話，把藥水喝了，你的病就好了。」

皮諾丘雙手接過杯子，把鼻子伸進去。他把杯子送到嘴邊，又把鼻子伸進去。

「這藥太苦了！太苦了！我不想喝。」

「你連喝都沒喝，怎麼知道這太苦了？」

「我可以想像的出來！我聞到苦味了。我還想吃一顆糖，然後再把它喝掉。」

仙女像和藹的母親般很有耐心，又給了他一顆糖，然後再次把杯子遞給他。

「我沒辦法就這樣喝了，」皮諾丘邊說邊做起更多的鬼臉。

「為什麼？」

「因為我腳邊的那個羽絨枕頭正在干擾我。」

於是仙女拿開了枕頭。

「沒用的！我現在還是不想喝。」

「這次又是怎樣？」

「我不喜歡房間的門那樣半開著」

仙女於是關上了房門。

「我就是不想喝！」皮諾丘哭了起來。「我就是不想喝這可怕的藥水。不喝就是不喝！不喝，不喝，不喝！」

「我的孩子，你會後悔的。」

「我才不在乎呢。」

「你正在生病呢。」

「我不在乎。」

「不用幾個小時，高燒會把你帶到另一個世界的。」

「我不在乎。」

「難道你不怕死？」

「一點都不怕！我寧願死，也不要喝那可怕的藥。」

就在這時，房門開了，四隻漆黑的兔子抬著一個棺材走了進來。

「你們想幹什麼？」皮諾丘問。

「我們來接你，」最壯碩的兔子答道。

「來接我？但我還沒死呢！」

「沒錯，是還沒死，但你不肯吃藥，沒過多久你就會死的。」

「哦，仙女啊，我的仙女啊，」木偶哭了起來，「快把杯子給我。求求您，快點。我不想死！不，不，我現在還不想死，不想死啦。」

於是他雙手接過杯子，一口就把藥給喝了下去。

「真是的！」四隻兔子說，「這次我們算是白來了一趟。」

然後他們轉過身，扛起棺材，走出房間，嘴裡還不停地嘟嚷著，抱怨著。

沒過多久，皮諾丘覺得自己全好了，馬上從床上蹦了下來，穿好衣服。

仙女看見他像只飛鳥似的，快活地在房間裡又跑又跳，便對他說：

　　「所以，我的藥把你治好了，對不對？」

　　「不只治好了！還給了我新的生命！」

　　「那我為什麼非要耗那麼大力氣求你把藥喝下去？」

　　「您看，我是個男孩子。男孩子寧願生病，也不願意吃藥。」

　　「太不知羞恥了！男孩子都應該懂得及時吃藥，這樣可以減輕很多痛苦，甚至可以救自己的命。」

　　「下一次我不用別人那麼求我啦。我永遠也忘不了那些扛著黑棺材的黑兔子。我會一手搶過杯子『咕嚕』一聲喝下去的。」

　　「現在到這來吧，跟我說你是怎麼落到強盜手裡的。」

　　「是這樣的。木偶藝人『食火』給了我五枚金幣，讓我帶回去給爸爸。我在路途中遇到一隻狐狸和一隻貓，他們問我：『你想不想讓你的五枚金幣變成兩千枚？』我回答『想』。然後他們說：『跟我們到奇蹟之田去吧。』我接著說：『我們走吧』。後來他們又對我說：『我們在這個紅蝦旅店休息一下，吃些東西吧，半夜再出發。』我們吃了晚餐，然後去睡覺。等我醒來，他們已經走了，於是我一個人摸黑繼續趕路，結果我在路上碰到了兩名強盜，身上穿著裝煤的麻袋。強盜問說：『留錢還是留命？』我說：『我沒錢，』您看，我其實把錢藏在舌頭下了。有個強盜想把手伸到我的嘴裡，被我一口咬掉了。我把他的手吐出來，卻發現是一隻貓爪。那兩名

強盜對我窮追不捨，我一直跑一直跑，後來被他們給追上了，又用繩子套在我脖子上，把我吊在一棵樹上，說：『明天我們再回來找你，那時候你已經死了，嘴巴就張開了，我們就可以拿走你藏在舌頭底下的金幣了。』」

「那四枚金幣現在在哪？」仙女問。

「被我弄丟了，」皮諾丘說。他沒說真話，其實金幣就在他的口袋裡。

他話音剛落，他那長長的鼻子立刻起碼又長了兩英寸。

「丟在哪了？」

「就在這片森林裡。」

再次說了謊，他的鼻子於是又長了幾英寸。

「要是丟在了這片森林裡，」仙女說，「我們開始找，之後肯定會找到的，因為只要是丟在這片森林裡的東西，總是會找到的。」

「唉呀，我想起來了，」皮諾丘回答說。這使他變得越來越困惑了。「我的金幣沒丟，不過喝藥時被我吞到肚子裡去了！」

說完第三個謊話，皮諾丘的鼻子更長了，長到連他想轉身都轉不了。他要是想往右轉，鼻子就會打到床上或窗戶的玻璃上，要是想往左轉——鼻子又會打到牆壁上或門上，要是稍微一抬頭，鼻子幾乎要插到仙女眼睛裡。

仙女坐在那裡看著他，忍不住笑出來。

「您笑什麼？」皮諾丘問。眼看自己的鼻子越長越長，他不禁有些擔憂。

「我在笑你說謊。」

「您怎麼知道我在說謊？」

「我的孩子，謊言沒過多久就能看出來的。謊言有兩種：一種是腿短的謊言，一種是長鼻子的謊言。你剛才說的正是那種長鼻子的謊言。」

皮諾丘臉紅得無地自容，想逃出屋子，可是鼻子太長，長得連門都過不了。

CHAPTER 18
皮諾丘又碰上了狐狸和貓，跟隨他們去奇蹟之田種金幣

*

　　小木偶為自己的長鼻子一連哀號了好幾個小時，彷彿心都碎了。他想盡了辦法，但就是出不了門。仙女想給他一個嚴厲的教訓，讓他今後不再說謊，改掉任何男孩子都可能染上的惡習，所以便不想理他。可是當她看到皮諾丘的臉都嚇白了，連眼睛也凸了出來，心又軟了下來。她拍了拍手，上千隻啄木鳥從窗戶飛進屋裡，落在皮諾丘的鼻子上。啄木鳥在皮諾丘的大鼻子上使勁啄呀啄，一會兒功夫，鼻子就恢復了原樣。

　　「您真好，我的仙女，」皮諾丘抹掉眼淚，說道。「我真的很愛您啊！」

　　「我也愛你，」仙女說。「你要是願意留在我這裡，你就當我的弟弟吧，我當你的姐姐。」

　　「我倒是真的想留下來了，但我那可憐的爸爸怎麼辦呢？」

　　「這些我都想到了。我已經派人去請你爸爸，天黑前他就會趕到這。」

　　「真的？」皮諾丘高興得叫起來。「這樣的話，我的好仙女，我想去迎接他，您同意嗎？我恨不得馬上親親那和藹可愛的爸爸，他為我承受了多少苦啊。」

「當然同意啦。去吧，不過小心別迷了路。順著森林的這條路走，你肯定會碰上他的。」

皮諾丘走了。他一進森林，就像野兔一樣跑了起來。可是當他跑到大橡樹前的時候，突然停了下來。他似乎聽到樹叢中有窸窸窣窣的聲音。他的感覺一點都沒錯：狐狸和貓，也就是他的前旅伴們，兩位曾經和他一起在「紅蝦」旅店吃過飯的夥伴，正站在他面前。

「這不是我們親愛的皮諾丘嗎！」狐狸叫著，上去抱住皮諾丘就親。「你怎麼會在這？」

「你怎麼會在這啊？」貓重複著。

「說來話長啊，」小木偶說道。「我跟你們說吧。那天晚上，你們把我一個留在旅店之後，我在路上碰到了強盜……」

「強盜？唉呀，我可憐的朋友！他們想要幹什麼？」

「他們想要搶我的金幣。」

「畜牲！」狐狸說。

「最可惡的畜牲！」貓加了一句。

「我拔腿就跑，」皮諾丘接著說，「他們就在後面追，追悼後就把我吊在了那棵橡樹的樹枝上。」皮諾丘指了指不遠處的大橡樹。

「還有比這更糟糕的嗎？」狐狸說。

「這世界太險惡了！像我們這樣的正人君子，去哪找一處棲身之地呢？」

狐狸說話時，皮諾丘發現貓的右前爪用繃帶吊著。

「你的爪子怎麼了？」他問。

貓想說點什麼，又不知怎麼說才好。於是狐狸馬上接過話茬兒：

「我的朋友太謙虛了，不願說。我替他說吧。大約在一個小時前，我們在路上遇見了一隻老狼。老狼都快餓死了，請我們幫幫忙。我們自己也一無所有，你猜我這個好心的朋友會怎麼辦？他竟然咬掉自己的前爪，扔給了那可憐的老狼，好讓牠有飯吃。」狐狸說著，還擦了眼淚。

皮諾丘自己的眼淚都快掉下來了，在貓耳邊輕聲說道：

「要是貓都像你這樣，老鼠就走運了！」

「那麼你現在在這幹嘛？」狐狸問皮諾丘。

「我在等我爸爸，他馬上就到了。」

「你的金幣呢？」

「還在我的口袋裡呢，只少了一枚，在『紅蝦』旅店花掉了。」

「你想一下，那四枚金幣到了明天就有可能變成兩千枚呀！你幹嘛不聽我的勸告？幹嘛不把金幣種到奇蹟之田裡去呢？」

「今天不行，我改天再和你們一起去吧。」

「改天就晚了，」狐狸說道。

「為什麼？」

「因為奇蹟之田已經被一位大戶買走了，今天是對大家開放的最後一天。」

「奇蹟之田離這有多遠？」

「只有兩英里。想跟我們一起去嗎？半個小時就到了。你把四枚金幣種上，用不了幾分鐘，你就可以得到兩千枚金幣，成為個富豪再回家。你要跟我們去嗎？」

皮諾丘躊躇了一下子沒出聲，他想起了好心的仙女，想起了老傑佩托，想起了會說話的蟋蟀對他的忠告。可是最後他還是和所有沒心眼、沒想法的男孩子一樣，聳聳肩，對著狐狸和貓說：

「我們走吧，我跟你們去。」

他們上路了。

他們走啊走，走了半天，來到了「笨蛋城」。一進城，皮諾丘就注意到街道上滿是各種奇形怪狀的動物：狗是脫了毛的狗，餓得直打哈欠；羊是剃了毛的綿羊，冷得直打噴嚏；雞是沒有雞冠的雞，靠乞討幾粒小麥過日子；蝴蝶是飛不起來的大蝴蝶，原來牠們把自己美麗的顏色都賣掉了；孔雀是禿尾的孔雀，醜得不敢見人；野雞呢，則是一身髒兮兮的，到處亂竄，哀嘆自己永遠失去了耀眼的金羽毛與銀羽毛。

在這群乞丐和窮鬼當中，時不時會有一輛豪華馬車穿過，裡面坐著的不是狐狸，就是獵鷹或者禿鷲。

「奇蹟之田在哪呢？」皮諾丘等到有點不耐煩了，問道。

「有耐心點。再走幾步就到了。」

他們穿過城市，一出城牆，就來到一塊偏僻的田地，看上去跟其他田地也沒有什麼兩樣。

「我們到了，」狐狸對皮諾丘說。「在這挖一個坑，把金幣放進去。」

皮諾丘按照它說的做了。他挖好了坑，把四枚金幣放進去，小心地蓋上土。「現在，」狐狸吩咐道，「你到附近的水渠去打桶水來，澆在你種錢的地方。」

皮諾丘嚴格執行命令，由於沒有水桶，他脫掉一隻鞋，裝滿水，澆在蓋住金幣的土上。」然後問：

「還要做什麼？」

「沒有了，」狐狸回答。「現在我們可以走了。過二十分鐘後你再到這時，就會發現一棵長大的葡萄樹，樹枝上掛滿了金幣。」

皮諾丘看上去非常高興，對狐狸和貓一直道謝，還承諾要給他們一份厚禮。

「我們不要禮物，」狐狸和貓說。「能夠教會你如此不費吹灰之力的致富方式，對我們來說已經足夠了。這讓我們像國王一樣快樂。」

他們和皮諾丘道了別，祝他好運，然後就離開了。

CHAPTER 19
皮諾丘的金幣讓人偷走了，
他因此而受罰，坐了四個月的牢

*

　　如果有人告訴皮諾丘要等一整天，而不是二十分鐘，他也不會感到要等待的時間更長。他焦躁不安地來來回回不停地走動，最後終於忍不住把臉朝向奇蹟之田方向。

　　他快步往前走著，心跳得特別快，就像牆上掛鐘一樣滴答滴答響個不停，一邊走還一邊想：

　　「如果樹枝上不是一千枚金幣而是兩千枚金幣呢？如果不是兩千枚而是五千枚或者一萬枚呢？我該怎麼辦？我要建一座豪華的宮殿，一千匹木馬，一千座馬廄，好好地開派對玩翻天。我還要一座地窖，藏滿冰鎮過的檸檬汽水；還要一間儲藏室，裝滿糖果、水果、蛋糕和餅乾。」

　　皮諾丘就這樣做著美夢，來到了奇蹟之田。他停下腳步，想看看有沒有一個掛滿金幣的葡萄樹。什麼也沒有！他又往前走了幾步，還是什麼也沒看到。他走進了田裡，走到那個他曾經挖過坑、埋過金幣的地方。還是什麼都沒看到。皮諾丘開始擔心起來，也顧不得什麼禮儀了，從衣袖裡抽出手來，使力搔了搔頭。

就在這時，耳邊傳來一陣大笑。他猛一抬頭，看到頭頂樹上有一隻大鸚鵡，正忙著梳理羽毛。

　　「有什麼好笑的？」皮諾丘生氣地問。

　　「我梳羽毛時，搔到腋下了，就笑出來了。」

　　皮諾丘沒有回答。他走到水渠邊，把鞋子裝滿水，又一次把水澆到了蓋著金幣的土上。

　　這時，空曠寂靜的田野裡又響起一陣笑聲，比剛才的還讓人生氣。

　　「欸，我說，鸚鵡先生，」皮諾丘發火了，「我能知道你在笑什麼嗎？」

　　「我笑那些笨蛋，別人說什麼都相信，結果輕輕鬆鬆就落入了為他們設下的陷阱。」

　　「你說的是我嗎？」

　　「對，我說的就是你，可憐的皮諾丘。你這個小笨蛋，怎麼會相信金子像四季豆和南瓜一樣，可以在田地裡播種呢？我也相信過一次，到現在還在後悔呢。儘管有點馬後炮的味道，不過我如今才意識到，要想老老實實賺錢，就必須工作，學會用雙手或腦子去賺錢。」

　　「我不明白你在說些什麼，」皮諾丘說道，他如今已經嚇得渾身發抖。

　　「這太糟糕了！我還是再說清楚一點吧，」鸚鵡接著說。「你知道，你回到城裡的時候，狐狸和貓匆匆趕到這裡。他們挖出了你埋下的四枚金幣，然後像風一樣逃走了。如果你想抓住他們，那你就夠有膽量。」

皮諾丘張口結舌。他不願意相信鸚鵡的話，發瘋似的在地上挖土了。他挖呀挖，一直挖，挖了個有一人身高那麼深的大坑，也沒找到錢。一分錢都沒有了。

皮諾丘絕望了，他跑回城裡，直奔法院，告訴法官自己被搶了。法官是隻上了年紀的大猩猩，留著白花花的齊胸鬍子，戴著金絲眼鏡，不過鏡片已經不見了。據他說，他之所以要戴眼鏡，是因為多年的工作讓他的視力衰退了。

皮諾丘站在法官面前，詳細地講述了他受騙的經過，提供了強盜的姓名和特徵，最後請法官主持公道。

法官耐心地聽著，眼睛中透露出仁慈的神色。他對皮諾丘的故事很感興趣，也被感動了，幾乎感動到流下淚來。皮諾丘一說完，他就伸出手，搖了搖鈴鐺。

聽到鈴聲，立刻出來了兩個穿著憲兵制服的猛犬。

法官指著皮諾丘對憲兵說：

「那可憐的笨蛋讓人偷走了四枚金幣，把他抓起來，關進監獄。」

木偶聽到對自己的判決，大吃一驚。他想抗議，可兩位憲兵卻用爪子捂住了他的嘴，把他匆匆帶到了監獄。

皮諾丘不得不在監獄裡待上漫長而難熬的四個月。而且要不是碰巧逮到好機會，說不定他還要在牢裡待更長的時間呢。原來呀，我親愛的孩子們，統治「笨蛋城」的年輕皇帝打了個大勝仗，下令舉城歡慶，張燈結綵，綻放煙花爆竹，舉行各種演出活動，最妙的是，他甚至下令打開監獄的大門。

「別人都出去了，我也要出去，」皮諾丘對獄卒說。

「你可不行，」獄卒回答。「你是一個⋯⋯」

「對不起，」皮諾丘打斷了他的話，「我也是個小偷。」

「要是這樣的話，你也自由了，」獄卒說完，脫下帽子，深深一鞠躬，打開牢門，皮諾丘頭也不回，就跑了出去。

CHAPTER 20

從監獄出來後，皮諾丘要回仙女家。
在路上，他遇到了一條蛇，又被夾子夾住了

*

皮諾丘自由了，你們想像一下他有多高興！他二話不說，馬上就逃離了笨蛋城，踏上前往仙女家的路。

在這之前，一連下了好多天雨，路變得泥濘不堪，有時候泥水都淹到了皮諾丘的大腿上了。

可皮諾丘卻勇敢地繼續前進。

他急於見到自己的爸爸和藍頭髮的仙女姐姐，因此像獵犬一樣，向前狂奔，一路上，泥漿都濺到帽子上了。

「我這段日子還真倒楣，」他自言自語道。「不過這是我活該，誰讓我那麼倔強，又那麼笨呢！我總是一意孤行。那些愛我的人，那些比我聰明的人，他們的話我全都聽不進。不過我從今往後我不會這樣了，我要努力做個聽話的孩子。毫無疑問，我已經發現不聽話的孩子絕沒甜頭吃，到頭來什麼事都做不成。我不知道爸爸是不是在等我。我在仙女家能見到他嗎？可憐的老爸爸，我已經好久沒見到他了，我真想得到他的關愛和親吻。仙女會原諒我做的這一切嗎？她對我那麼好，還救過我的命！還有比我更壞、更沒有良心的孩子嗎？」

說著說著，他突然站住了，嚇得一動不動。怎麼回事呢？原來一條大蛇橫躺在了路上。這條蛇有著一身鮮綠色的皮，眼睛火紅，尖尖的尾巴冒著煙，活像一座煙囪。

　　皮諾丘嚇得魂不附體！他拼命往回跑，一口氣跑了半英里，坐在一個石頭上，等著大蛇先過去，把路讓出來。

　　他等了一個小時，兩個小時，三個小時，大蛇還是在原地不動，甚至從大老遠就可以望見牠那火紅的眼睛發出的紅光和從尾尖冒出的煙柱。

　　皮諾丘鼓起勇氣，朝大蛇筆直走過去，用甜美的聲音討好大蛇說：

「對不起，大蛇先生，能否勞駕您往路邊挪動一下，讓我可以過去，好嗎？」

話就像對牆壁說的一樣，大蛇還是一動不動。

皮諾丘再次用剛才那種迷死人的聲音說：

「您知道，大蛇先生，我要回家去，爸爸還在家等著我呢。我已經好久沒有見到爸爸了。求您行行好，讓我過去，好嗎？」

皮諾丘等著大蛇做出回答，可是大蛇仍然一聲不響。相反地，剛才還生氣勃勃、瞪大著眼睛的大蛇，現在反而一動也不動，毫無動靜。牠的眼睛閉上了，尾巴也不冒煙了。

「我想知道牠死了嗎？」皮諾丘高興得搓著手。他不再猶豫，抬起腿就要跨過大蛇。可是他剛抬起一條腿，就見大蛇像彈簧一樣，猛地一下彈了起來。皮諾丘嚇得頭朝下，往後倒下去。他這一跤摔得很狼狽，一頭栽進淤泥裡，兩條腿筆直地朝天豎著。

大蛇看到木偶像旋風一樣亂踢、亂扭，忍不住大笑起來。牠笑啊，笑啊，笑啊，最後竟笑破了血管，當場一命嗚呼。

皮諾丘擺脫了尷尬的處境，又接著往前跑，想在天黑之前趕回仙女家。跑著跑著，他覺得餓到不行了，再也忍不住了，便跳到了一塊田裡，想偷摘幾串誘人的葡萄吃。這樣一來，他又倒大楣了！

他剛到葡萄架底下，只聽得腿上傳來「咔嚓」一聲。可憐的木偶被農夫設的鐵夾子給夾住了，原來黃鼠狼每天晚上都來偷雞，農夫就設了夾子來捕捉黃鼠狼。

CHAPTER 21

皮諾丘被農夫捉住了，農夫讓他當看門狗，看守雞舍

＊

你們可以想像，皮諾丘又哭又叫，又是哀求，但全都沒有用，因為四周看不到任何房子，路上也沒有個人影。天漸漸黑了下來。

也許是因為腿太痛，也許是因為黑地裡只留下他一個人而心中害怕，皮諾丘漸漸昏過去了。突然，他看到一隻螢火蟲從身旁飛過，就叫住牠說：

「親愛的小螢火蟲，能不能請你把我解救出來啊？」

「可憐的小傢伙！」螢火蟲停了下來，同情地看著他說。「你怎麼會被鐵夾子夾住了？」

「我到這片孤伶伶的田裡，想摘幾串葡萄吃，結果……」

「葡萄是你的嗎？」

「不是。」

「誰叫你要拿不屬於自己的東西的？」

「我餓了。」

「我的孩子，飢餓不能成為偷別人東西的理由。」

「對！對！」皮諾丘哭叫著。「下次我再也不敢了。」

這時，一陣越來越近的腳步聲打斷了他們的談話。原來是這片田地的主人，他踮起腳尖來看是不是有偷雞吃的黃鼠狼給逮住了。

他舉起燈籠，看到逮住的不是黃鼠狼，而是一個孩子時，大吃一驚。

「哈，你這個小賊！」農夫怒氣衝衝地說。「這麼說，偷雞的就是你了？」

「不是我，不是我！」皮諾丘嗚咽著辯解道。「我只是想來摘幾串葡萄吃！」

「能偷葡萄就能偷雞。我說話算話，讓我來教訓教訓你，免得你沒多久就忘了。」

農夫打開夾子，抓住皮諾丘的領子，像拎一隻小狗似的把他拎回家裡。等到了院子裡，他把皮諾丘扔到地上，一隻腳踩住他的脖子，惡狠狠地對他說：

「現在已經晚了，我要去睡覺。我明天再和你算帳。我那隻看家狗死了，今夜你就頂替牠，給我守著雞窩。」

說完，他把狗項圈套在皮諾丘脖子上，拴緊了，防止掉下來。一根長長的鐵鍊一頭拴在狗項圈上，另一頭則釘在牆上。

「夜裡要是下雨，」農夫說，「你可以到那邊的狗窩裡去睡，裡面鋪了麥稈，軟軟的。三年來梅蘭普一直都睡在那張床上，我想那張床對你來說也夠好了。要是真的有小偷來，你可別忘了叫出聲。」

說完，農夫走進屋子，關上門，還上了門鎖。

可憐的皮諾丘蜷縮在狗窩邊，飢寒交迫，再加上害怕，半條命都沒了。狗項圈讓他喘不過氣來，他不時地拉一拉，低聲哭泣：

　　「我活該！沒錯，我活該啊！我只知道翹課，在外邊晃蕩。我從不聽別人的話，想幹什麼就幹什麼。我要是像許多孩子那樣，愛學習，愛勞動，留在可憐的老爸爸身邊，這樣我就不會待在這裡，在這片黑漆漆的田地，被農夫當作看門狗。哦，要是一切能從頭再來就好了！不過潑出去的水已經收不回來了，我只好忍著吧！」

　　發洩完這番發自內心的感慨，他走進了狗窩，睡著了。

CHAPTER 22
皮諾丘發現了小偷，他忠於職守換來了自由

*

　　男孩子儘管會很不開心，卻很少因為擔心而睡不著覺。皮諾丘也不例外，足足睡了好幾個小時。快到半夜時，他被院子裡傳來的一陣奇奇怪怪、鬼鬼祟祟的嘀咕聲吵醒了。

　　他把鼻子從狗窩裡探出去，看到了四隻細長的、毛絨絨的小動物。原來是四隻黃鼠狼，一種特別愛吃雞蛋和小雞的小動物。其中一隻黃鼠狼離開了同伴，來到狗窩門前，用迷人的聲音說：

　　「晚上好，梅蘭普。」

　　「我不叫梅蘭普。」

　　「哦，那你是誰？」

　　「我是皮諾丘。」

　　「你在這幹嘛？」

　　「我在當看門狗呢。」

　　「噢，梅蘭普去哪了？以前住在這個狗窩裡的老看家狗在哪？」

　　「牠今天早上死了。」

「死了？可憐的畜生！多好的一隻狗啊！不過，從你的面相看，你也是個好脾氣的狗。」

「對不起，我不是狗。」

「那你是什麼？」

「木偶。」

「你頂替了看門狗嗎？」

「我很遺憾的說，的確如此。這是對我的懲罰。」

「好吧，我給你的條件和從前給死鬼梅蘭普的一樣。我敢肯定你會很樂意聽一聽是什麼條件的。」

「什麼條件？」

「我們的條件是：我們每過一陣子就來光顧這個雞舍一次，拿走八隻雞，七隻歸我們吃，一隻歸你。當然，你得假裝睡著了，不要叫出聲，以防把農夫叫醒。」

「梅蘭普以前真的會這樣嗎？」皮諾丘問。

「的確如此，因為我們大家都是最好的朋友。安心睡吧，記住了：我們在離開之前，會給你留下一隻肥肥的雞，給你當明天的早餐。知道了嗎？」

「知道了！」皮諾丘回答。他毫無威脅地晃晃腦袋，好像是要說：「我們等一下再討論這件事，朋友們！」

四隻黃鼠狼把條件一談好，就直奔在狗窩附近的雞舍，連咬帶抓的打開雞舍的小門，鑽了進去。牠們剛一鑽進去，就聽到門「碰」的一聲關上了。

這一招是皮諾丘使出的。他把門關上還不滿足，還搬來

一塊大石頭把門頂住。之後，他開始叫出聲來，就像一隻真看門狗一樣，「汪汪，汪汪！」

農夫聽到叫聲，立刻從床上跳了起來。他抄起獵槍，蹦到窗戶邊，斥喝道：「怎麼回事？」

「有小偷！」皮諾丘回答。

「在哪？」

「在雞舍裡。」

「我馬上就來。」

一瞬間，農夫就進了院子，朝雞舍跑過去。

他打開門，把黃鼠狼一隻一隻拖出來，綁好，扔進袋子裡，得意洋洋地對牠們說：「你們終於落到我手裡了！我本來現在就可以懲罰你們，不過我可以等。我明天要把你們帶到酒館，你們會成為某些老饕的桌上佳餚。這對你們來說可是件很榮幸的事啊，你們本該不配獲得這種榮譽，不過你們也看見了，我是個大好人，慷慨大方，我會幫你們辦成的。」

接著，他又走到皮諾丘跟前，在他的背上拍了拍。

「你怎麼這麼快就發現牠們的？想想看，我那忠實的梅蘭普這麼多年也沒發現牠們！」

皮諾丘本可以當場把他所知道的有關黃鼠狼和狗之間可恥的協議告訴農夫的，可是他一想到那隻死去的老狗，便對自己說：「梅蘭普已經不在了，指責牠還有什麼用？死了就不能替自己申辯了。最好還是不要打擾死者的安眠吧！」

「牠們來時，你是睡著了還是醒著？」農夫繼續問。

「我睡著了，」皮諾丘回答說。「不過牠們說話的聲音把我吵醒了。其中有一隻甚至還來到狗窩前，對我說：『你要是答應不出聲，我們送給你一件禮物，留一隻雞給你當早餐吃。』您聽見了嗎？牠們竟還敢厚顏無恥地向我提出這樣的建議！要知道，我雖是一具壞木偶，有很多缺點，可我從來不接受賄賂，永遠也不！」

　　「好孩子！」農夫友善地拍拍他的肩膀，讚嘆他說。「你應該為自己感到驕傲。為了表示我對你的滿意，從這一刻起，你自由了。」

　　於是他解開了皮諾丘脖子上的項圈。

CHAPTER 23

皮諾丘得知可愛的藍頭髮少女的死訊，痛哭流淚。他遇到了一隻鴿子，鴿子把他帶到海邊。他跳到海裡，去救父親

*

　　脖子上那屈辱的狗項圈一被除去，皮諾丘拔腿就跑。他穿過農田和草地，一口氣跑到通往仙女家的大路上。

　　到了大路上，他向遠處的山谷眺望。他看到了那片樹林，在那裡他曾經很不幸地遇上了狐狸和貓；他還看到那棵大橡樹，自己曾經被吊在樹上。然而他找來找去，卻怎麼也看不到藍頭髮仙女的房子。於是他變得十分惶恐，用盡拼命往前奔跑，最後來到了那個曾經是房子所在的地方。房子已經不見，只有一塊小小的大理石墓碑，上面銘刻著這麼幾句讓人悲痛的話：

這裡長眠著藍髮少女
小弟弟皮諾丘的離去讓她柔腸寸斷

　　看著這些字，皮諾丘不禁也柔腸寸斷。他撲倒在地上，不停地親吻著墓碑，淚如雨下。他哭了一整夜，到第二天早上天亮時，他還在那哭泣。此時，他眼淚已經哭乾了，伴隨著一聲聲嘶啞的抽泣，他那木頭做成的身軀也不停地抽搐著。哭喊聲驚天動地，連遠處的群山都聽得見。他邊哭邊說：

「哦，我的仙女啊，我親愛的仙女姐姐啊，妳怎麼會死了呢！我那麼壞，妳那麼善良，但為什麼死的是妳而不是我啊？我爸爸又在哪啊？親親的仙女姐姐啊，請告訴我他在哪，我再也不離開他了，再也不了！並沒有死，對不對？妳要是真的喜歡我，妳就活過來吧，還像以前一樣活生生的！難道妳不為我難過嗎？我好孤獨啊！這一回要是兩位強盜來了，他們會再次把我吊在那顆大橡樹上，那我就真的死翹翹了。你讓我孤單留在這世界上是為什麼呢？如今你不在了，爸爸也不見了，我到哪吃飯？到哪睡覺？誰幫我做新衣服？啊，我不想活了！沒錯，我不想活了！嗚嗚嗚！」

可憐的皮諾丘！絕望之中，他甚至想扯自己的頭髮，但他的頭髮只是畫在木頭腦袋上的而已，所以根本沒辦法扯下。

就在這時，有一隻大鴿子從頭頂飛過。看見了皮諾丘，大鴿子對他喊道：

「告訴我，小男孩，你在這幹嘛？」

「你沒看見嗎？我在哭呢！」皮諾丘哭著回答，順著那聲音抬起頭，邊用衣服袖子擦了擦眼睛。

「告訴我，」鴿子又說，「你認識一個叫皮諾丘的木偶嗎？」

「皮諾丘？你說的是皮諾丘？」皮諾丘立刻從地上跳了起來。「我就是皮諾丘呀！」

聽到他的回答，鴿子迅速飛了下來，落在地上。這隻鴿子比火雞還要大。

「這麼說你也認識傑佩托啦？」

　「我認不認識他？他是我爸爸，我可憐的、親愛的爸爸！他是不是跟你提起過我？你能帶我找到他嗎？他還活著嗎？求求你告訴我，他還活在這世上嗎？」

　「三天前，在一個大海邊，我和他道了別。」

　「他在幹嘛？」

　「他在造一艘小船，準備出海。這四個月裡，那個可憐的人找遍了歐洲，到處找你，卻怎麼也找不到，於是他下定決心，準備到大海對面的新世界去找你。」

　「從這到海邊有多遠嗎？」皮諾丘焦急地問。

　「有五十多英里呢。」

　「五十英里？啊，親愛的鴿子啊，我真希望能有你那樣的翅膀！」

「你要是想去，我可以帶你去。」

「怎麼帶？」

「騎在我背上。你重不重？」

「重？一點都不重！我輕得就像根羽毛。」

「好喔！」

皮諾丘沒有再說什麼，跳到鴿子的背上。等到坐好了，他輕鬆地喊道：

「跑吧，跑吧，我美麗的小馬。我想快點到達！」

鴿子開始往上飛，沒幾分鐘就飛到了雲層中。皮諾丘往下看看都有些什麼，這一看，只看得他頭暈目眩，嚇得他死命地摟住鴿子的脖子，害怕掉下去。

他們飛了整整一天。臨近傍晚時，鴿子說：

「我渴死了。」

「我餓死了，」皮諾丘應道。

「那我們就在下面的鴿子窩休息幾分鐘再走，明天早上就可以到海邊了。」

於是他們走進一個廢棄的鴿子窩裡，裡面只有一個盛滿水的臉盆和一隻裝滿鷹嘴豆的小籃子。

皮諾丘一向不喜歡鷹嘴豆。據他說，他吃了這東西就噁心，可那天晚上，他卻吃的津津有味。吃完後，他轉向鴿子，說道：

「我從沒想到鷹嘴豆會這麼好吃。」

「我的孩子，你別忘記了，」鴿子答道，「這就叫飢不擇食！」

他們又休息了幾分鐘，然後再次出發，第二天早上就到了海邊。

皮諾丘從鴿子背上剛跳下來，鴿子就飛走了，做了好事也不等皮諾丘說句謝謝。

海邊擠滿了人，一個個都望著海面，高聲尖叫，撕扯著頭髮。

「出什麼事了？」皮諾丘向一個小老太太詢問。

「前陣子，一個可憐的老爸爸走丟了兒子，現在他造了條小船，想渡海去找兒子。海面浪太大，大家怕他會被淹死。」

「小船在哪兒？」

「那裡，就在那，」老太太指著一個小小的影子說。那影子也就核桃那麼大，漂浮在大海上。

皮諾丘仔細看了看幾分鐘，突然尖叫起來：

「那是我爸爸！那是我爸爸呀！」

而這時候，憤怒的海水把小船拋來拋去，小船在波濤中若隱若現。皮諾丘站在一塊高高的礁石上，儘管早已因為尋找爸爸而累得精疲力竭，卻不停地揮動著手和帽子，甚至還有他那長長的鼻子。

傑佩托雖然離岸很遠，卻似乎認出了他的兒子，因為他也摘下帽子，不停揮舞著，似乎想告訴大家：要是能回來，他一定會回來，可是浪太大，雙槳根本無濟於事。突然，一個可怕的巨浪襲捲過來，小船消失了。

他們等啊等啊，小船卻始終不見蹤影。

「可憐的人！」聚集在岸邊的幾個漁夫說道。他們一邊往回走，一邊低聲祈禱著。

就在這時，他們聽到一聲絕望的尖叫，回頭一看，只見皮諾丘縱身跳到了海裡，嘴裡還喊著：「我要去救他！我要救我爸爸！」

因為皮諾丘全身都是木頭做的，漂起來毫不費力，在洶湧的海水中就像魚一樣向前游去。只見他若隱若現，沒過多久，就遠離了海岸。終於，他徹底消失了。

「可憐的男孩子！」岸上的漁夫哀嘆。他們又一次一邊祈禱，一邊往家裡走去。

CHAPTER 24

皮諾丘來到了蜜蜂島，又見到了仙女

*

皮諾丘抱著能及時趕去救父親的希望，在大海裡游了整整一夜。

那是多麼可怕的一夜啊！大雨如注，又是冰雹，又是雷鳴，閃電把天空照得如同白晝。

天亮時，他看見不遠處有一片長長的沙灘。那是大海中的一個島嶼。

皮諾丘奮力朝島上游去，然而卻怎麼也做不到。海浪把他拋上去，又扔下來，就像拋一根樹枝，扔一根稻草。終於，他的運氣來了——一個巨浪把他拋到了他想去的地方。

皮諾丘被重重地摔到了地上，摔得他的身體都快散架了。但他毫不畏懼，立馬站起來，喊道：

「這一次我又是大難不死啊！」

天漸漸放晴，豔陽高照，海面平靜似鏡。

皮諾丘脫下衣服，攤在沙灘上晾好。他向著海上張望，想看看能否看到一艘小船，船上還有個小小的人。他找了又找，但是除了大海、藍天和遠處的幾桅船帆，什麼也沒看到，就連那些船帆也那麼小，算不定根本不是船帆，而是飛鳥。

「真想知道這是什麼島！」皮諾丘自言自語道。「我起碼要知道這島上都住著怎樣的人！但我要問誰呢？眼前連個人影都沒有。」

一想到在這荒蕪的地方又只有自己孤伶伶的一個人，不禁傷心起來。就在他想哭的時候，他忽然看見不遠處有一條超大的魚，整顆魚頭都露出了水面。

皮諾丘不知道該怎麼稱呼他好，就大聲朝著他喊道：

「喂，魚先生，能聽我說句話嗎？」

「聊幾句也行啊，」魚回答。這是一條很有禮貌的海豚。

「你能不能告訴我，這個島上有沒有什麼地方可以吃飯，又不會被吃掉？」

「當然有啦，」海豚回答。「實際上離這不遠處就有一個。」

「那我該怎麼走？」

「走左邊那條小路，一直往前走，一定錯不了。」

「我還想問您打聽一件事。您白天黑夜都在海裡游，那麼您有沒有碰見過我爸爸乘的那條小船呢？」

「你爸爸是誰呀？」海豚問。

「他是世界上最好的爸爸，可我卻是世界上最壞的兒子。」

「在昨天夜裡的暴風雨，」海豚說，「小船可能已經沉到海底去了。」

「那我爸爸呢？」

「肯定已經讓那條可怕的鯊魚給吃了。鯊魚這幾天把這片水域嚇壞了。」

「這條鯊魚很大嗎？」皮諾丘問。他已經被嚇得全身顫抖起來。

「大不大？」海豚回答，「為了讓你對牠的大小有認知，這麼說吧——牠比一棟五層樓的房子還要大，嘴巴又大又深，連一列火車都能順順暢暢地開進去。」

「我的天啊！」皮諾丘被嚇得魂不附體，尖叫出來。他連忙穿上衣服，轉過身來對海豚說：

「再見，大魚先生。對不起打擾您了，您這麼客氣，真是感激不盡。」

說完，他立刻上了那條小路，快步離開，走得非常快，簡直就像是在飛。一路上，任何風吹草動，哪怕是再小的聲音，他也會嚇得馬上轉過頭來看看，哪怕是那條像五層樓一樣大、嘴裡銜著一列火車的大鯊魚在追他。

走了半個小時後，皮諾丘來到了一個叫做「勤勞蜜蜂國」的地方。街道上的人都行色匆匆，正在為自己的事奔忙。每個人都在工作，每個人都有事情要做，哪怕是提著燈籠，你也找不出一個遊手好閒的人或流浪漢。

「我明白了，」皮諾丘一下無精打采起來，說道，「這不是我待的地方，我天生就不是為了工作的人。」

這時，他感到肚子餓了，原來他已經一天一夜沒吃東西了。怎麼辦？要想弄點吃東西，現在只有兩條路可走——要不就找點工作作，要不就乾脆乞討。乞討，那太丟臉了，爸爸不是總是告誡自己嗎，只有老弱病殘才有乞討的權利。他不是

說過嗎？在這個世界上，真正應該得到幫助和同情的窮人，是那些由於年老或有病而無法靠雙手勞動養活自己的人。其他人都應該勞動，要是不勞動而挨了餓，那是活該。

就在這時，路上走過一個人，正在吃力地拉著兩輛裝滿了煤的小車，大汗淋漓，精疲力竭。

皮諾丘朝這個人看了看，覺得此人面善，便走上前去，也不敢正眼看著這個人，且不好意思地問：

「您能好心給我一分錢嗎？我快餓昏了。」

「別說一分錢，」拉煤的人回答，「就是給你四分錢也行，只是你得幫我拉這兩車煤。」

「豈有此理！」皮諾丘說道，心裡很生氣。「我希望您知道，我可不是頭驢子，也從來沒有拉過車！」

「這樣更好，我的孩子！」拉煤的人回答。「你要是真的快餓昏了，就吃上兩塊你的傲慢充飢吧，希望你別消化不良。」

幾分鐘以後，又有一個泥瓦匠肩上扛著一桶灰泥走了過來。

「好心人，您能好心給一個可憐的孩子——我，一分錢吧？我餓到打哈欠。」

「我很樂意，」泥瓦匠回答。「跟我來，幫我扛點灰泥，我給你五分錢，而不是一分錢。」

「可灰泥太沉了，」皮諾丘回答說。「這工作對我來說太沉重了。」

「這工作對你來說要是太沉重了，我的孩子，你就繼續打你的哈欠去吧，祝你的哈欠給你帶來好運。」說完，又忙自己的事去了。

不到半個小時的時間內，一共走過去了二十多個人。皮諾丘跟著每個人乞求施捨，這些人全都回答說：「你不感到羞恥嗎？你為什麼不去工作，自己賺幾塊麵包吃？偏偏要在街上做乞丐！」

最後，走過來一個小婦人，手裡拎著兩壺水罐。

「好心的太太，您罐子裡的水能讓我喝一口嗎？」皮諾丘問，他如今渴到喉嚨都冒煙了。

「喝吧，我的孩子！」說完，她把水罐放在男孩面前的地上。

皮諾丘喝了個飽，邊擦嘴邊小聲嘟噥道：

「渴是解了。要是飢餓也能解了，該有多好！」

好心的小婦人聽了這話，馬上說：

「你要能幫我把水罐拎到家裡，我給你一塊麵包吃。」

皮諾丘看了看水罐，既沒說行，也沒說不行。

「除了麵包外，我還給你一盤花椰菜佐白醬。」

皮諾丘又看了一眼水罐，還是既不說行，也不說不行。

「吃完花椰菜，我再給你蛋糕和果醬。」

皮諾丘再也抵擋不住這最後的誘惑，下定決心說：

「那好吧！我就幫您把水罐拎回家去。」

水罐特別沉，皮諾丘用手拿不動，就頂在了頭上。

到了家，小婦人讓皮諾丘坐在小桌子旁，把麵包、拌花椰菜和麵包擺在他面前。皮諾丘不僅是吃，簡直就是狼吞虎嚥。他的肚子就像個無底洞。

最後，他終於不餓了，抬起頭，想謝謝好心的女主人。他剛一看到她，就驚訝得叫了起來，愣在那裡了，眼睛圓圓盯著，手舉著叉，嘴巴裡還塞滿了麵包和花椰菜。

「幹嘛這麼驚訝？」好心的婦人笑著問。

「因為，」皮諾丘結結巴巴地說，「因為您像……您讓我想起……對對對，聲音一樣，眼睛一樣，頭髮一樣……沒錯，沒錯……您和她有著一樣的藍頭髮。啊，我的小仙女！我的小仙女！請告訴我真的是您。別讓我再哭了！您不知道……我當時哭得多傷心啊！我心裡有多難過啊！」

說著說著，皮諾丘跪倒在地，抱住了那個神秘婦人的膝蓋。

CHAPTER 25

皮諾丘向仙女保證學好，要學習。
他已不願再做木偶，而想成為一個好孩子

*

皮諾丘要是再多哭一下，小婦人認為淚水就會把他給融化了，於是到最後，她承認自己就是藍頭髮的仙女。

「你這個無賴小木偶！你是怎麼知道是我的？」

「是我對您的愛告訴了我您是誰。」

「你還記得嗎？你離開我時，我還是個少女呢？現在我已經長大了，都大得可以當你的媽媽了。」

「那我太高興了，這樣我就不用叫您姐姐，而是叫您媽媽了。很久很久以前，我就想跟別的孩子那樣，有個媽媽！但您怎麼會長得這麼快呢？」

「這是個秘密。」

「告給我吧，我也想長大一點。您看看我，一絲一毫都沒有長。」

「但你長不大呀，」仙女回答。

「為什麼？」

「因為木偶是永遠不會長大的。他們生下來就是木偶，活著時是木偶，死了後還是木偶。」

「唉，老是當木偶真的是煩死了！」皮諾丘自言自語道，一臉厭惡的樣子。「我也應該像別人那樣，長大成為一名男子漢了。」

「如果你表現得好，你會的。」

「真的嗎？我該怎麼做呢？」

「很簡單，做個乖孩子就行。」

「難道您認為我不是乖孩子嗎？」

「當然不是！乖孩子都很聽話，但你……」

「我卻從不聽話。」

「乖孩子都愛學習，愛勞動，但你……」

「我卻是個懶鬼，整天到處閒晃，無所事事。」

「乖孩子從來都說實話。」

「我卻老是說謊。」

「乖孩子都願意上學。」

「我卻一上學就說不舒服。從今往後，我要重新做人了。」

「你能保證嗎？」

「我保證。我要變成一個乖孩子，我要成為我爸爸的安慰。我爸爸如今在哪？」

「不知道。」

「我還有幸能再見到他，擁抱他嗎？」

「我想會的。實際上，我敢肯定你一定會的。」

聽到這樣的回答，皮諾丘高興極了，抓住仙女的手，像瘋了一樣，狂親了起來。然後，他抬起頭，熱切地望著仙女問：

「告訴我，媽媽，您真的沒有死，對嗎？」

「我想是吧，」仙女微笑著回答。

「您知道嗎？當我看到『這裡長眠著』時，我有多痛苦，有多傷心？」

「我知道，正因為這樣，我才原諒了你。你深深的痛苦讓我知道你有一顆善良的心。凡是心地善良的孩子，即使經常頑皮，總還是有希望的。這就是我大老遠來找你的原因。從今往後，我就是你的媽媽了。」

「啊，太好啦！」皮諾丘叫道，高興得跳了起來。

「那你願意聽我的話，我叫你怎麼做就怎麼做嗎？」

「願意！很願意！非常願意！」

「從明天開始，」仙女接著說，「你每天都要去上學。」

皮諾丘變得有些愁眉苦臉起來。

「接下來，你還要選擇一門最喜歡的技術。」

皮諾丘的臉更加陰沉了。

「你在自言自語些什麼？」仙女問。

「我不過是說，」皮諾丘嘀咕說，「我現在上學似乎已經有點晚了。」

「你錯了。你別忘了：學習是永遠都不會晚的。」

「但我不想學什麼技術。」

「為什麼？」仙女驚訝地問。

「因為工作讓我覺得很累。」

「我親愛的孩子，」仙女說，「說這種話的人，最後不是進監獄，就是住醫院。你要記住，人活在這個世界上，不論窮富，都得做點事。無論是誰，只要不工作，以後都不會輕鬆的。懶人都是要倒楣的！懶惰是一種很嚴重的病，必須立刻根治，要從小就治療，要不然就沒救了。」

這些話打動了皮諾丘，他抬起頭，望著仙女，一臉嚴肅地說：「我要學習，我要工作，您怎麼說我就怎麼做。總之，我已經討厭當木偶的生活了，無論如何我也要變成一個真正的孩子。您已經答應過我了，是不是？」

「沒錯，我答應過你。現在就看你的誠意了。」

CHAPTER 26
皮諾丘跟同學一起去海邊看鯊魚

*

第二天早上，陽光明媚，皮諾丘早早就上學去了。你們想像一下，當孩子們看到一個木偶走進教室時，他們會說些什麼吧！他們瘋狂地笑，笑到眼淚都下來了。每個人都在捉弄他。有的摘走他的帽子，有的從後面拉他的衣服，有的想在他的鼻子下畫兩撇鬍子，還有的甚至要把線拴在他的手和腳上操縱他跳舞。

剛開始，皮諾丘很平靜，一聲不響。可到了最後，他實在忍不住了，就板起臉對著那些胡鬧的孩子說：

「給我當心點，同學們，我來這又不是讓你們捉弄開心的。我尊重你們，也希望你們尊重我。」

「萬歲，萬事通先生！說得頭頭是道的！」那些男孩子一起起哄，笑得前俯後仰。其中有一個最放肆，甚至還伸出手來要抓皮諾丘的鼻子。

不過他的動作顯然不夠快。皮諾丘在桌子底下伸出腳來，朝著他的小腿就是一腳下去。

「唉唷，好硬的腳啊！」那孩子揉著讓皮諾丘踢青的地方，叫道。

「還有這手臂！比腳還要硬呢！」另一個孩子嚷嚷道。他因為其它惡作劇，肚子上挨了皮諾丘一下。

憑著這一踢和一臂，皮諾丘立刻贏得了大家的好感，每個都很佩服他，圍著他跳舞，向他表示敬意。

一天天過去了，轉眼幾個星期過去了，就連老師也誇獎起皮諾丘來，說他聽課專心，學習勤奮，從不打瞌睡，上學總是第一個到校，下了課，又總是最後一個離開教室。

皮諾丘唯一的缺點就是交的朋友太多，而其中有不少是出了名的調皮搗蛋鬼，不愛學習，也不求上進。

老師每天都要告誡他一番，仙女也多次對他說：

「注意一點，皮諾丘！你那些壞朋友遲早有一天會讓你失去學習興趣的，說不定還會帶你走上歪路呢。」

「沒事的！」皮諾丘回答。他聳聳肩，指了指前額，似乎是說：「我很聰明！」

終於有那麼一天，他正朝學校走時，遇見了一幫同學，跑過來對他說：

「你聽說了那個消息了嗎？」

「沒有。」

「有人在附近的海裡看見了一條大鯊魚，有一座山那麼大。」

「真的嗎？不知道是不是我得知爸爸被淹死時，聽說過的那一條？」

「我們要去看鯊魚，你也去嗎？」

「不，我不去。我還得上學呢。」

「學有什麼好上的？你明天再上。多上一節課還是少上一節課還不都一樣，我們照樣是笨蛋。」

「老師會怎麼說？」

「讓他說去吧，他拿了工資，不就是要整天說廢話嘛。」

「那我媽媽會怎麼說呢？」

「當媽媽的什麼都不知道，」那些小流氓回答說。

「你們知道我要做什麼嗎？」皮諾丘說，「出於某種原因，我也想去看那鯊魚，不過我要等放學後再去看。那時候和現在的『看』都一樣是『看』。」

「可憐的笨蛋！」其中一個同學叫了起來。「你以為人家那麼大一條魚會待在那兒等你？牠早調頭走了，牠比誰都聰明呢！」

「從這到海邊要多長時間？」小木偶問道。

「來回一個小時。」

「那麼好吧，我們看看誰先到！」皮諾丘喊道。

聽到這出發的信號，這幫調皮鬼就夾著書本，在田野上瘋跑了起來。皮諾丘一直跑在最前面，就好像長了翅膀一樣，其他男孩則在後面拼命追趕。

皮諾丘一邊跑，還一邊不時回頭看看，只見夥伴們跑得渾身冒汗，精疲力竭，連舌頭都伸了出來，不由得開心地笑了。可憐的孩子！他怎麼會知道因為自己不聽話，有多少可怕的災難將要降臨到他身上！

CHAPTER 27
皮諾丘與同學們大戰一場，
一個同學受了傷，皮諾丘被捕

*

皮諾丘跑得像風一樣快，一下子就跑到了海邊。他四處張望，卻連鯊魚的影子也沒看見。大海平靜得像一面鏡子。

「喂，兄弟們，大鯊魚在哪呢？」皮諾丘轉身問他的同學。

「可能去吃早餐了吧，」一個同學笑著回答。

「要不就是上床打瞌睡了，」另一個同學也笑著說。

聽著他們的回答和傻笑，皮諾丘明白他們是在捉弄他。

「接下來呢？」皮諾丘生氣了，責問他們。「你們在開誰的玩笑？」

「哈哈，就是你啊！」那幫傢伙異口同聲地回答，笑得更開心了，圍著他興奮地跳起來。

「怎麼回事？」

「就是要讓你不去上學，跟我們一起玩。你天天都這麼乖，都這麼用功，難道就不覺得差恥嗎？你從來就不曉得玩耍。」

「我學我的，跟你們有什麼關係？」

「老師對我們會怎麼看，你知道嗎？」

「什麼意思？」

「難道你不明白？要是你學習，我們不學，吃虧的是我們。你也得為我們想想，這才公平！」

「那你們想要我幹什麼？」

「像我們一樣，討厭學校，討厭課本，討厭老師。你要曉得，它們是我們的三大敵人，總是想盡辦法讓我們不開心。」

「我要是還想繼續學習呢？你們打算怎麼對付我？」

「你會付出代價的。」

「說實話，你們太可笑了，」皮諾丘點點頭說。

「嘿，皮諾丘！」他們之中個子最高的孩子叫道，「你終究會知道我們可笑不可笑的。別只是吹牛，你這個翹尾巴的傢伙，我們已經聽夠了！你也許不怕我們，不過我們也不怕你。別忘了，你只有一個人，而我們有七個人。」

「七個敗類而已，」皮諾丘說道，臉上仍然沒有笑容。

「你們都聽到了嗎？ 他罵了我們全部人，他說我們全是敗類！皮諾丘，跟我們道歉，不然給我小心點！」

「膽小鬼！」皮諾丘把拇指擱在鼻頭，四指張開擺出嘲笑的手勢說。

「你會後悔的！」

「膽小鬼！」

「我們要狠狠揍你一頓！」

「膽小鬼！」

「你會帶著爛鼻子回家的！」

「膽小鬼，」

「那好吧。接招，想讓你吃頓晚餐。」膽子最大的一個喊道。說著，他朝皮諾丘的頭上就是一拳。

皮諾丘回敬了一拳，結果這就成了混戰的信號，一場混戰就此展開。沒過多久，打鬥就變得越來越激烈。

皮諾丘雖然是孤軍奮戰，卻非常英勇。他的兩條木腿轉動如飛，讓對手不敢靠近。這群男孩子只要挨上一下，就會留下一道痛苦的傷痕，最後都被打得哇哇亂叫，狼狽而逃。

他們無法和皮諾丘進行肉搏，顯得狗急跳牆，用各種書本來砸皮諾丘。什麼識字課本、地理書、歷史書、文法書，滿天亂飛。然而皮諾丘目光銳利，身手敏捷，結果書都從頭頂上飛過，掉到海裡，不見了。

海裡的魚以為那些書是什麼好吃的，便成群結隊地游到水面上。有的咬了一小口，有的則咬了一大口，但才剛品嚐了，又馬上吐了出來，一臉苦悶，好像是在說：「好難吃啊！我們吃的東西比這好多了。」。

戰鬥越來越激烈。一隻大螃蟹聽到了吵鬧聲，慢慢浮出了水面，用著涼的長號般的嗓門喊道：

「別打啦，你們這些小流氓！男孩子之間的這種鬥毆基本上沒有好結果。你們肯定會闖禍的。」

可憐的螃蟹！他還不如對著風說呢。皮諾丘不但不聽勸告，反而轉過身來，惡狠狠地說：「給我閉嘴，你這個醜鬼！你最好還是吃幾片咳嗽藥，治治你的感冒吧。上床睡覺去！早晨起來就會好一些的。」

這時，那幫男孩已經把書都扔完了，想尋找些新的彈藥。他們看見了皮諾丘的書包就在附近，便設法搶到手中。

書包中有一本算術書又大又沉，皮革封面。這本書是皮諾丘的驕傲，在所有書當中，他最喜歡這本啦。

有個男孩認為這本書是個很好的武器，於是拿起書，用盡力氣，對準皮諾丘的頭就扔了過去。然而書沒有砸中皮諾丘，卻打在了自己的同伴身上。那同伴的臉頓時慘白得像一張漂過的紙，只說了一句：

「唉唷！我的天啊！救救我吧。我要死啦！」然後一頭倒在沙灘上，失去了知覺。

看了一眼那蒼白的小屍體，孩子們全都嚇得四處逃竄，

沒幾分鐘，就跑不見蹤影。

皮諾丘沒有跑。儘管剛才的一切也把他嚇得不輕，可是他還是跑到海邊，用冷水浸濕手帕，敷在這個可憐的同學的腦門上。他痛苦地抽泣著，喊著這個同學的名字：

「尤金，我可憐的尤金！睜開眼吧，看看我！你為什麼不答應我呀？你知道，不是我把你打成這樣的呀！相信我，不是我幹的。睜開眼睛吧，尤金！你要是不睜開眼睛，我也活不成啦。哦，我的天啊，我如今還怎麼有臉回家？我還有什麼臉再去見我的媽媽？我將會遇到什麼結局？我該到哪裡去？去哪躲著？唉，我要是上學去了，就不會這樣的，就會比這樣的結果好一千倍！我為什麼要聽那些男孩子的話啊？他們只會把人帶壞！想想老師都說過多少次了：『小心你那些壞朋友！』，媽媽也說過。沒錯，她就是這麼說的。但我卻那麼好強，尾巴翹上了天！我總是聽而不聞，想怎麼做就怎麼做。然後我就吃苦頭了。從我一生下來，就沒有過片刻的安寧。哦，我的老天，我將來會成為什麼樣子啊？我將來會成為什麼樣子啊？」

皮諾丘不停地哭著，不停地哀嚎著，不停地用拳頭砸著自己的腦袋。他一遍又一遍地呼喚著自己的同伴，突然，他聽到了一陣沉重的腳步聲向他走來。

他轉身一看，發現兩個憲兵來到自己的身邊。

「你趴在地上幹什麼呢？」憲兵問皮諾丘。

「我在照顧我這個同學呢。」

「他昏過去了嗎？」

「可以這麼說，」一個憲兵彎腰，看了看尤金說，「這孩子太陽穴受傷了。是誰把他打傷的？」

「不是我！」皮諾丘結結巴巴地說，如今連爬起來的力氣幾乎都沒有了。

「不是你，那還能有誰？」

「不是我！」他重複說。

「他是被什麼打傷的？」

「這本書。」皮諾丘撿起算術書，遞給憲兵看。

「這書是誰的？」

「我的。」

「夠了。」

「沒什麼好說的了，馬上站起來，跟我們走。」

「可是我……」

「跟我們走！」

「我是無辜的！」

「跟我們走！」

走之前，憲兵叫住幾個正好划著船從附近經過的漁夫，對他們說：

「這個孩子受傷了，就先交給你們了。你們把他帶回家，好好照顧。明天我們再來看他。」

說完，他們抓住皮諾丘，把他夾在中間，喝斥道：

「走！快點，要不然要你好看！」

他們用不著再重複一遍，皮諾丘立刻就沿著通向村莊的小路快步走了起來。此時這個可憐的傢伙已經分不清東南西北了。他以為自己是在做惡夢！他感到很不舒服，眼睛裡看到的全是重疊的影子，兩腿搖晃，舌頭發乾，再怎麼努力，一句話都說不出來。然而即使在這樣麻木的狀態下，一想到要從好心的仙女家的窗戶下走過，他還是感覺到心很疼。看到他被兩個憲兵夾著，她會怎麼說？

他們剛走進村子，這時一陣狂風吹掉了皮諾丘的帽子，順著街飄蕩。

「行行好吧，」皮諾丘對憲兵說，「讓我去把帽子撿回來？」

「去吧，不過得快一點。」

皮諾丘走過去，撿起帽子，不過卻沒有把帽子戴在頭上，而是叼在嘴裡，朝海邊跑去。他跑得像出膛的子彈。

憲兵估計很難追上他，就放出一條大狼狗去追。那條狗在所有的賽狗比賽中都得過第一名。皮諾丘跑得飛快，大狗跑得更快。聽到吵鬧聲，人們有的從窗戶探出頭來，有的聚集在大街上，想看看這場比賽的結果如何。然而他們都要失望了，因為皮諾丘和大狗在奔跑的時候，掀起一路灰塵，才過沒多久，就看不見他們了。

CHAPTER 28
皮諾丘差點像魚一樣被人油炸

*

在拼命的奔跑過程中,皮諾丘經過了一段非常難熬的時間,都以為自己要輸了,正準備放棄呢。那就是阿利多羅差點就要追上他的那一刻。這個阿利多羅就是那條大狗,在皮諾丘後便瘋狂地追著。

皮諾丘已經聽到緊跟在自己屁股後面的大狗急促的喘氣聲,甚至還時不時地感覺到了大狗呼出來的熱氣。

幸好這時候他已經靠近了海邊,大海在眼前了;實際上,幾步之遙,就是大海。

一踏上海灘,皮諾丘就往前一跳,猛地栽到了海裡。阿利多羅想停下來,可是由於跑得太快,剎不住,結果也一頭栽到了海裡。奇怪的是,這條大狗竟然不會游泳。他用爪子撲通撲通地拍打水,想浮在水面上,可是越掙扎,就越往水底下沉。等牠再次把頭伸出水面時,可憐的傢伙眼睛都凸出來了,拼命叫喊:「我要淹死啦!我要淹死啦!」

「淹死才好呢!」皮諾丘從遠處回答,為自己討過一劫而高興。

「救救我，皮諾丘！親愛的小皮諾丘！救我一命吧！」

皮諾丘畢竟有一顆善良的心，聽到那撕心裂肺的喊叫，就動了惻隱之心。他調過頭來對狗說：

「我要是救了你，你能答應我不再找我的麻煩，不再追我嗎？」

「我答應你！我答應你！快點吧，你要是再耽誤一秒鐘，我就完蛋了。」

皮諾丘猶豫了一分鐘，然後想起爸爸多次對他說的，行善絕不會吃虧，便朝著阿利多羅游過去，抓住牠的狗尾巴，把牠拖上岸。

可憐的狗如今非常虛弱，已經站不起來了。牠灌了一肚子的鹹水，肚子漲得像個氣球。皮諾丘不敢過於相信牠，就又跳到了海裡，向遠處游去，並且還喊道：

「再見了，阿利多羅，祝你好運，代我向你的家人問好。」

「再見了，小皮諾丘，」大狗回答。「萬分感激你救了我的命。你幫了我的大忙，在這個世界上，行善總是會得到善報的。有機會我一定會報答的。」

皮諾丘繼續順著岸邊往前游。最後，他覺得終於到了一個安全的地方。他望了望岸上，看到有一個洞穴，洞裡冒出一縷縷輕煙。

皮諾丘自言自語地說：「山洞裡肯定有火。這真是太好了！我要把衣服烘乾，暖和一下身體，然後……？」

決定之後，他就開始向礁石遊去。他正準備往上爬，

就覺得身下有什麼東西把他往上頂，越頂越高。他想逃跑，可已經晚了。他驚奇地發現自己落入了一個大網中，身邊還有一大堆大大小小、各種各樣的魚在絕望地拼命掙扎著。

　　與此同時，他還看到從山洞裡走出來一個漁夫。那漁夫好醜，皮諾丘還以為遇到了隻海怪。他的腦袋上長的不是頭髮，而是一叢密密的綠草。他的皮膚是綠色的，眼睛是綠色的，長鬍子也是綠色的，一直拖到地上。他看上去就像一個長著手臂和腿的大蜥蜴。

　　漁夫把網從海裡拉上來一看，高興得直叫著：

　　「感謝上帝！今天又可以好好吃一頓魚料理了。」

　　「謝天謝地，幸虧我不是條魚！」皮諾丘自言自語道，想給自己找點勇氣。

　　漁夫把滿滿的一網魚提到了山洞裡。山洞是黑漆漆的，彌漫著煙氣，山洞中央有一堆冒著煙的火，火上一鍋油滋滋作響，散發著一股難聞的臭味。

　　「來，讓我們看看都抓到了些什麼魚，」綠色的漁夫說。他把一隻大得像鐵鍬一樣的手伸進網裡，掏出一把魚來。

　　「好吃，這些緋鯉魚！」他看了看魚，享受地聞了聞，說道。之後，他把魚放進一隻大的空盆裡。

　　這樣的動作重複了好多次。他每掏出一條魚來，就會想到可口的午餐，口水就會流出來就會說：

　　「很棒，這些鱸魚！」

　　「真奇妙，這些白鮭！」

「真鮮甜，這些鰈魚！」

「多好吃的螃蟹！」

「還有這些可愛的小鳳尾魚，頭還沒去掉呢！」

「真可愛，這些鯤魚，頭還在呢！」

正像你們想像的那樣，那些鱸魚、白鮭、鰈魚，甚至還有小鳳尾魚，全都被扔進了盆裡，和鯡魚一起結伴同行了。最後從網裡出來的是皮諾丘。

漁夫把他從網裡一掏出來，就瞪大了綠眼睛，驚叫起來：

「這是什麼魚？我怎麼不記得吃過這種魚。」

他對皮諾丘仔細察看了一番，把他翻過來又翻過去，最後說道：

「我知道了，這是一隻海螃蟹。」

皮諾丘聽到自己被當成螃蟹，心裡很不高興，便說：

「胡說八道！還螃蟹勒！我才不是那種東西。小心點對

待我！告訴你吧，我是一具木偶。」

「木偶？」漁夫反問了一句。「我得承認，木偶魚我是倒從沒見過。這樣更好，我吃你就更開心了。」

「吃我？難道你不明白我不是魚嗎？你難道沒聽到我跟你一樣會說話，會思考嗎？」

「沒錯，」漁夫回答說，「就因為我看到你是一條魚，卻跟我一樣會說話，會思考，我會充分尊重你的。」

「怎樣尊重？」

「為表示對你的特別尊重，我將讓你自己選擇如何料理自己。你是想要放在煎鍋裡炸呢，還是和番茄醬一起燜燒？」

「說實話，」皮諾丘回答，「如果讓我選擇，我寧願獲得釋放，然後回家去。」

「別開玩笑了！能夠吃一條像你這麼稀有的魚，你以為我會放棄這樣的機會嗎？木偶魚可不常到這片海域來。讓我來決定吧——我就把你放在煎鍋裡跟其它魚一起炸。我知道你會喜歡的。發現自己有很多夥伴總是一種慰藉。」

聽了這話，不幸的小木偶哭了起來，邊叫邊哀求。他淚流滿面地說：

「我當時要是去上學去了該有多好啊！我卻聽信了那些壞同學的話，結果現在吃苦頭了。嗚嗚嗚——」

他像鱔魚一樣掙扎、扭動，想掙脫綠色漁夫的魔爪，結果漁夫就找來一根結實的繩子，把他的手腳捆起來，扔到了裝著其它魚的盆裡。

接著，漁夫從廚子裡拿出一盆麵粉，把那些魚一條條裹上麵粉，然後扔到煎鍋裡炸。最先被扔進熱油裡炸死的是鯡魚，其次是鱸魚，然後是白鮭、鰈魚和鳳尾魚。最後，該炸皮諾丘了。眼見自己已經死到臨頭了（而且還是那麼可怕的死法)，皮諾丘嚇得渾身發抖，說不出話來，連哀求都做不到了。

可憐的孩子只能用眼睛求饒！然而綠色的漁夫根本不理他，而是將他在麵粉裡翻過來翻過去，到最後皮諾丘看上去就像個石膏木偶。

然後，他抓起皮諾丘的頭，就⋯⋯

CHAPTER 29

皮諾丘回到了仙女的家，

仙女答應第二天讓他變成一個男孩，從此不再是木偶。

皮諾丘舉行一場盛大的咖啡牛奶派對，慶祝變成真人這件大事

*

　　一想到漁夫說的話，皮諾丘知道獲救的希望全完了。他閉上眼睛，等待那最後一刻的到來。突然，一隻大狗聞到了油炸的氣味，跑進洞裡來。

　　「滾出去！」漁夫威脅道，手裡還抓著全身裹著麵粉的皮諾丘。

　　可憐的狗已經快餓瘋了。牠只知道搖著尾巴，汪汪地叫著，似乎在說：

　　「給我炸魚吃，我就不打擾你了。」

　　「我說給我滾出去！」漁夫又說了一遍，還伸出腿踢了狗一腳。

　　這狗一旦真的餓了，就不容許任何人拒絕，於是氣沖沖地對著漁夫露出漁夫那可怕的牙齒。就在這時，山洞裡響起一個極其微弱的可憐的聲音：「阿利多羅，救救我！你要不救我，我就要被油炸了！」

狗立刻就聽出來是皮諾丘的聲音，不過卻十分吃驚地發現，聲音是從漁夫的手裡那裏著麵粉的東西發出的。

　　接下來狗怎麼辦？阿利多羅往前猛竄，一口就銜住那個裹著麵粉的東西，輕輕叼在嘴裡，像閃電一樣跑出了山洞，消失得無影無蹤。

　　漁夫眼看著快要到嘴的美味被狗從鼻子底下給搶走了，氣得要命，拔腿就追，但一陣劇烈的咳嗽迫使他停下腳步，返回洞中。

　　與此同時，阿利多羅一踏上那條通往村莊的小路，就停下了腳步，把皮諾丘輕輕地放在地上。

　　「真是太感謝你了！」皮諾丘說。

　　「沒有必要，」阿利多羅回答。「你救過我的命，行善必有善報。我們活在這個世界上，就需要互相照顧。」

　　「但你怎麼會跑到那個山洞裡去了呢？」

　　「我奄奄一息，一直躺在海邊上，這時候飄過來一陣誘人的炸魚味，勾起了我的食慾，我就順著炸魚味走。唉，我要是再晚到一下子……」

　　「別再說了！」驚魂未定的皮諾丘哀嚎道，渾身還在顫抖。「什麼也不要說了。你要是再晚來一下，這下子我就已經成了炸物，被吃下肚子然後消化掉了。唉，只要一想到這，我就覺得很恐怖！」

　　阿利多羅笑著向皮諾丘伸出爪子，皮諾丘親切地握了握，他覺得自己如今和阿利多羅已經成為好朋友。然後他們道了別，阿利多羅就回家去了。

等到只剩下一個人，皮諾丘就向不遠的一座茅草屋走去。草屋的門口有一個老頭正在曬太陽，皮諾丘走上前去詢問：

　　「先生，您有沒有聽說一個叫做尤金的可憐男孩的事？他的頭受了傷。」

　　「那個男孩曾被帶到了這草屋裡，如今……」

　　「如今他死了嗎？」皮諾丘痛苦地打斷了老頭的話。

　　「沒死，活得好好的呢。現在已經回家了。」

　　「真的嗎？真的嗎？」皮諾丘高興到跳了起來。「所以他傷得不重？」

　　「可能很重，甚至要他的命，」老頭兒回答，「因為他被一本很重的書砸倒了頭。」

　　「誰砸的？」

　　「他的一個同學，一個叫做皮諾丘的孩子。」

　　「這個皮諾丘是什麼人？」皮諾丘假裝不知道地問。

　　「聽別人說是個調皮鬼，一名街頭小混混。」

　　「亂說，通通是亂說的！」

　　「你認識這個皮諾丘？」

　　「見過。」皮諾丘回答。

　　「那你覺得他是怎樣的人？」老頭問。

　　「我覺得他是個乖孩子，愛學習，聽話，熱愛父親，熱愛家人。」

　　就在皮諾丘吹噓自己時，他摸了摸自己的鼻子，發現鼻子又長了一倍。他差點被嚇傻了，連忙喊道：

「別聽我胡說，先生。我說的這些好事都不是真的。我跟皮諾丘很熟，他的確是個壞小子，好吃懶惰，不聽話，不去上學，卻跟同學一起去玩。」

他一說完這些話，鼻子又恢復到正常大小。

「你渾身怎麼這麼白？」小老頭兒突然問。

「我跟你說。我不小心蹭到了剛抹上白灰的牆上，」皮諾丘撒謊說。他不好意思說自己差點被人油炸了。

「那你的衣服，褲子，還有帽子，又是怎麼回事？」

「我遇到了強盜，被搶了。好心的老人家，不知您能不能送一套小衣服給我，讓我可以穿著回家？」

「我的孩子，衣服沒有，不過我倒是有一個裝豆子的小口袋。你要是想要，就拿去吧。給你。」

皮諾丘也不跟老人客氣，一把抓過空口袋，用剪刀在口袋底下剪了一個大洞，兩側各剪了一個，當做襯衣套在了身上，然後穿著這件小衣服朝村裡走去。

一路上，皮諾丘感到很不安。事實上，他很不開心，走兩步，又退一步，一邊走，還一邊自言自語地說：

「我該怎麼面對那好心的仙女呢？她見了我會怎麼說呢？她能原諒我這一次嗎？我敢打賭她不會原諒我的。唉，她肯定不會原諒我的。跟以往一樣，我這是活該，誰叫我是個調皮鬼，明明答應好的，說話卻從不算數！」

等他走到村裡，夜已經深了。四下裡漆黑一片，什麼也看不見，另外還下著傾盆的大雨。

皮諾丘徑直朝仙女的家走去，下定決心要把門敲開。

然而等他到了門前，他卻又失去了勇氣，往回跑了幾步。過了一會，他再次走到了門前，

又再次跑了回去。第三次也和前兩次一樣。第四次，趁著勇氣尚未消失，他抓住門環，輕輕地敲了一下。

他等啊等啊，足足等了半個小時，這座四層樓高的屋頂邊的一扇窗戶打開了，皮諾丘看到一個大蝸牛探出頭來。蝸牛的頭上頂著一盞小燈。「都這麼晚了，是誰在敲門呀？」蝸牛問道。

「仙女在家嗎？」小木偶問。

「仙女睡著了，她不想被打擾。你是誰呀？」

「是我。」

「『我』是誰？」

「皮諾丘。」

「皮諾丘又是誰？」

「是具木偶，住在仙女家的那個。」

「哦，我知道了，」蝸牛說，「你在那等著，我現在下樓幫你開門。」

「求求您快一點，我快要冷死了。」

「我的孩子，我是隻蝸牛，蝸牛是從來都快不了的。」

一個小時過去了，兩個小時過去了，門還是沒打開。皮諾丘此時因為害怕，再加上後背的冰冷雨水，讓他一直顫抖，不由得又敲了一次門，這一次可比前一次要響一些。

第二次敲門後，三樓的一隻窗子打開了，探出腦袋來的還是那只蝸牛。

「親愛的小蝸牛，」皮諾丘從街中喊道，「我都等了你兩個小時了！這樣一個可怕的夜晚，兩個小時就像兩年那麼長啊。求求您，快點啦。」

「我的孩子，」蝸牛心平氣和地答道，「我親愛的孩子，我是隻蝸牛，蝸牛是從來都快不了的。」說完，窗戶又關上了。

沒過多久，就到半夜了，再往後是凌晨一點、兩點，可是門還是緊閉著。

皮諾丘等得不耐煩了，他雙手抓住了門環，決定把整屋子裡的人連帶街坊鄰居全都給叫醒。他的手剛摸上門環，門環卻突然變成了一條鱔魚，從手裡滑了出去，消失在黑暗中。

「這是真的嗎？」皮諾丘叫道，火氣越來越旺。「門環沒了不要緊，那我就拿腳踹。」

他往後退了一步，朝著門狠狠地踹一腳，結果踢得太猛了，把門給踢穿了，整條小腿都陷了進去。他想把腳拔出來，可費了好大的力氣也沒拔出來，就這樣，他好像被釘在門上一樣，動彈不得。

可憐的皮諾丘！就這樣，他不得不一隻腳站在地上，一隻腳懸在空中，度過了後半夜。

天亮的時候，門終於打開了。那勇敢的蝸牛用了整整九個小時，就從四樓爬到了大街上。牠肯定是在拼命地往下趕！

「您把腳插在門裡幹嘛？」蝸牛笑著問皮諾丘。

「我碰上了倒楣事。美麗的小蝸牛，您有沒有辦法把我從這可怕的折磨中解脫出來？」

「我的孩子，這只有木匠才能辦到，可我從來沒有當過木匠。」

「那就請仙女幫幫忙吧！」

「仙女正在睡覺呢，不希望被人打擾。」

「您到底要把我怎麼樣？就這樣把我釘在門上？」

「數路上爬過的螞蟻玩吧。」

「那您總要幫我找點吃的來啊，我都快餓死了。」

「我馬上就去！」

事實上，三個半小時之後，蝸牛才頂著一個銀盤回來了。盤子裡盛著麵包、烤雞和水果。

「這是仙女叫我給您的早餐，」蝸牛說。

看到這些好吃的東西，皮諾丘頓時感覺好多了。

然而等他一吃下，卻感到非常失望，原來麵包是粉筆做的，雞塊是硬紙板做的，燦爛的水果則是彩色大理石做的！

他想哭，想打破罐子，想把盤子和裡面的東西通通扔掉，但不知道是因為疼痛，還是虛弱，他倒在地上，暈了過去。

等他醒來時，發現自己躺在一張沙發上，仙女就坐在他的身邊。

「這次我也原諒你了，」仙女對他說，「不過給我小心點，不能再調皮了。」

皮諾丘發誓要好好學習，規規矩矩的。下半年，他確實說到做到了。到了年底，他的所有考試都得了第一名，優秀的成績報告書讓仙女非常滿意，不禁高興地對他說：

「你的願望，明天就能實現了。」

「什麼願望？」

「明天你就能變成一個真正的男孩，而不再是一具木偶了。」

仙女說完，甜蜜地望著他笑。

皮諾丘都樂瘋了，想把所有的好朋友和同學都請來，共同慶祝這件大事。仙女答應準備了兩百杯咖啡牛奶，四百片兩面都塗著黃油的麵包。

那一天將是十分美好、快樂的一天，然而……不幸的是，在木偶的生活中，總是有那麼一個「然而」，把一切都毀了。

CHAPTER 30

皮諾丘並沒有變成眞正的孩子，
卻跟他的朋友燈芯跑到玩具國去了

*

　　仙女的話讓皮諾丘很驚訝，等到他清醒過來之後，便請求仙女允許他邀請朋友。

　　「沒問題，你可以請朋友們來參加明天的派對。不過記得在天黑以前回來。明白了嗎？」

　　「我保證一個小時之內就回來，」皮諾丘回答。

　　「別答應得那麼爽快，皮諾丘！答應這件事很容易，可是忘記也很快。」

　　「我跟別的孩子不一樣，答應了就一定做到。」

　　「我們就等著看吧。反正你要是不聽話，倒楣的是你，不是別人。」

　　「為什麼？」

　　「因為不聽大人們所說的話，吃虧的是你自己。」

　　「我已經吃過虧了！」皮諾丘說。「不過從今往後，我會聽話的。」

　　「那我們就等著看看你說的是不是真話吧。」

皮諾丘不再說話，跟好心的仙女道了別，邊唱邊跳，出了家門。

不到一個小時，所有的朋友都被邀請了。有的很爽快地接受了邀請，有的起初還很不情願，但一聽麵包雙面都塗上黃油，就全都接受了邀請，說道：「我們一定去幫你捧場。」

現在有一件事必須告訴大家，那就是皮諾丘的朋友中，有一個跟他感情最好，叫羅密歐，由於他長得高高瘦瘦的，而且一臉苦悶，所以大家都叫他「燈芯」。燈芯是全校最懶惰、最搗蛋的孩子，可是皮諾丘卻很喜歡他。

那一天，皮諾丘跑到燈芯家去邀請他參加派對，燈芯卻不在家。他又去了第二次，第三次，卻全都白跑了一趟。他會在哪呢？皮諾丘左找右找，最後終於發現他躲在一個農夫的大車旁邊。

「你躲在這幹嘛？」皮諾丘跑上前去問。

「我等半夜一到，就到……」

「到哪裡去？」

「好遠好遠好遠的地方！」

「我到你家找了你三次！」

「找我幹嘛？」

「難道你沒聽說嗎？不知道我有多幸運嗎？」

「有什麼好事？」

「明天我就不再是木偶了。我將變成真正的孩子，像你，像其他的朋友那樣。」

「祝你好運。」

「明天的派對上能見到你嗎？」

「我不是跟你說過了嘛，今天晚上我就要走。」

「什麼時候？」

「半夜。」

「到哪去？」

「一個真正的國家，一個世界上最好的地方，一個神奇的地方！」

「那個地方叫什麼名字？」

「叫玩具國。你為什麼不跟我一起去呢？」

「我？我才不去！」

「你犯了大錯，皮諾丘！相信我，你要是不一起去，將來會後悔的。哪裡還能找到比那更適合你與我的地方呢？那裡沒有學校，沒有老師，沒有書本。在那個幸福的地方，根本沒有學習這種事情。在這，只有星期六不用上學。在玩具國，除了星期日，每一天都是星期六，假期從一月的第一天開始，到十二月的最後一天才結束。那才是我應該去的地方！所有國家都應該像那樣！我們將會多開心啊！」

「玩具國裡的人是怎麼過日子的呢？」

「就是玩啊，從早晨一直玩到晚上。到了晚上就睡覺，第二天的幸福時光又從頭開始。你覺得怎麼樣？」

皮諾丘嗯了一聲，又點了點他那個木頭腦袋，好像在說：「這種生活最適合我啦！」

「這麼說，你想跟我一起去了？去還是不去？你自己決定吧。」

「不去，不去，不去，我就是不要去。我已經向好心的仙女發過誓，要做一個乖孩子，我要說話算話。看啊，太陽已經下山了，我該走了。再見，祝你好運。」

「你這麼著急，要去哪啊？」

「回家。好心的仙女叫我天黑以前一定得回去。」

「再等兩分鐘吧。」

「太遲了。」

「就兩分鐘。」

「要是仙女說我怎麼辦？」

「讓她說吧。等她說夠了，就不說了，」燈芯說。

「你是一個人去，還是找人一起去？」

「一個人去？我們一共有一百多個人呢。」

「你們是走路去嗎？」

「半夜有一輛馬車將路過這裡，把我們帶到那個神奇的國家境內。」

「我真希望現在就是半夜！」

「為什麼？」

「我想看著你們一起出發。」

「你在這再待一下子，就會看到的。」

「不行啊，我得回家。」

「再等兩分鐘。」

「我已經延誤好久了。仙女會擔心的。」

「可憐的仙女！她是不是怕你被蝙蝠給吃了？」

「聽著，燈芯，」皮諾丘問，「你真的敢肯定玩具國沒有學校嗎？」

「連學校的影子也沒有。」

「也沒有老師，是嗎？」

「一個也沒有。」

「不用學習？」

「不用，不用，永遠不用！」

「多棒的地方啊！」皮諾丘說道，口水都流了下來。「多麼讚的地方啊！我從來沒去過，可我想像得出來。」

「那你幹嘛不一起去呢？」

「你別誘惑我了！我跟你說過，我已經向好心的仙女保證過不要調皮搗蛋，我要說話算話。」

「那就再見吧，路上要是見到什麼文法學校啦，高中啦，甚至大學啦，就替我多多問候它們。」

「再見，燈芯，祝你一路順風，玩得高興，別把朋友們忘了。」

說完，皮諾丘就踏上了回家的路。他再一次轉過身問燈芯：

「你真的肯定，那個地方每星期都是六天的星期六和一天的星期日嗎？」

「絕對是！」

「假期從一月份的第一天開始，直到十二月份的最後一天結束？」

「絕對沒錯！」

「多好的地方啊！」皮諾丘又說了一遍，有點不知道怎麼辦才好。

然後他下定決心，匆匆地說了一句：

「現在真的要說再見了，祝你一路順風。」

「再見。」

「你們什麼時候出發？」

「再過兩小時。」

「太遺憾了！要是就差一個小時，我倒還可以等等。」

「那仙女怎麼辦？」

「反正我已經晚了，早一個小時還是晚一個小時回家沒什麼區別。」

「可憐的皮諾丘！仙女要是唸你呢？」

「哦，讓她唸吧。等她說夠了，就不唸了。」

說話期間，天越來越黑。突然，遠處有一盞微小的燈光在閃爍，又聽到一種奇怪的聲音，像鈴聲一樣輕柔，又像遠處的蚊子那麼微弱、沉悶。

「來了！」燈芯一下子站了起來，喊道。

「是誰？」皮諾丘小聲問。

「接我的馬車來了。快快決定，你是去還是不去？」

「那地方的孩子真的不用學習嗎？」

「不用，不用，永遠不用！」

「多麼神奇、美麗、奇妙的地方啊！——」

CHAPTER 31

五個月的玩耍之後，
某天的早上，皮諾丘醒來後，發現有一份驚喜在等著他

*

接人的車子終於到了。車輪上都裹著稻草和破布，所以一點聲音都沒有。拉車的是十二對大小相同，但顏色各異的驢子。牠們有的是灰色的，有的是白色的，有的則介於黃褐色和黑色之間，有幾頭身上還有幾道黃色和紫色的條紋。不過最奇怪的卻是這二十四頭驢子並沒像其它拉車的動物那樣釘著鐵蹄，而是穿著皮鞋，就像孩子們腳上綁鞋帶的鞋子。

那驅車的呢？

你們想像一下吧——一個矮胖子，圓滾滾、亮閃閃的，像顆黃油球，躺著比站著高；一張紅光滿臉的蘋果臉，一張小嘴上時刻保持微笑；一副討好的聲音，低聲下氣的就像討食物的小貓發出的聲音。

孩子們一看到他，就對他十分信任，爭先恐後地爬上他的驢車，讓他可以把自己帶到那叫做「玩具國」的可愛地方。

驢車裡擠滿了大大小小的孩子，看起來就像罐沙丁魚罐頭。他們一個挨著一個，互相擠得很難受，幾乎無法透氣，但是他們卻沒有抱怨過。一想到再過幾個小時，他們就要到

達一個沒有書、沒有學校、沒有老師的地方，他們早就高興得忘記了飢渴，忘記了睡眠，也忘記了不舒服。

馬車一停下，矮胖子就衝著燈芯，又是鞠躬，又是微笑，裝作一臉討好的樣子，問道：

「告訴我，我的好孩子，你也想到那個神奇的地方去嗎？」

「當然想去啦。」

「我的小可愛，但我得提醒你，驢車上已經沒位置了，都擠滿了。」

「沒關係，」燈芯回答。「裡面要是沒位置了，我就坐在車頂上。」

說完，他一下子就跳到了車頂上。

「你呢，我的寶貝？」矮胖子又對著皮諾丘殷勤地問。「你要怎麼辦，跟我們走嗎，還是留下？」

「我留下，」皮諾丘回答，「我要回家。我想學習，出人頭地。」

「祝你好運！」

「皮諾丘！」燈芯對著皮諾丘喊道，「你聽我的，跟我們一起走吧，讓我們開心到永遠。」

「不去，不去，才不去！」

「跟我們一起走吧，讓我們開心到永遠，」驢車裡面有四個人齊聲喊道。

「跟我們一起走吧，讓我們開心到永遠，」驢車裡面一百多個男孩齊聲喊著。

「我要是跟你們出發了，好心的仙女會怎麼說呢？」皮諾

丘問，語氣上不再那麼堅決，開始動搖起來。

「別顧慮那麼多了。想想我們要去的那個地方，我們在那從早到晚想怎麼玩就怎麼玩。」

皮諾丘沒出聲，他深深地嘆了一口氣，然後又嘆了一口氣，接著嘆了第三口氣，最後說道：

「給我挪出點位置，我也要去！」

「已經坐滿了，」矮胖子說，「不過為了表明我多麼看中你，就讓你來替我驅車吧。」

「那您呢？」

「我走路。」

「不行，真的不行。我怎麼能讓您這樣呢？我還是騎一頭小驢子吧，」皮諾丘喊道。

說做就做，於是皮諾丘走近第一頭驢，想騎上去，那驢子卻突然轉過身，在他的肚子上狠狠踢了一腳，把他踢倒在地，摔了個四腳朝天。

這場意外讓這群離家出走的孩子每個都笑得人仰馬翻。

矮胖子沒有笑，而是走近那頭反抗的小驢，親暱地彎下身，臉上帶著笑，一口咬掉了小驢子的半隻右耳朵。

與此同時，皮諾丘從地上爬起來，箭步跳到了那頭小驢子的背上。這一跳真是夠帥的，孩子們都鼓譟起來歡呼：「皮諾丘萬歲！」還熱血地替他鼓掌。

就在這時，那頭小驢子的兩條後腿突然往後一踢，可憐的皮諾丘又被摔了下來，趴在路中央。

男孩們又一次鼓譟著。然而矮胖子卻沒有笑；相反地，他對小驢子更加憐惜，又親了他一口，咬掉了左邊的半個耳朵。

「這下子你可以騎了，我的孩子，」他然後對皮諾丘說。「別害怕。那頭驢有些擔心，不過我跟他談過了，這下子似乎安靜下來，變得能聽我們的話了。」

皮諾丘騎到驢背上，驢車出發了。

群驢在石路上奔跑時，皮諾丘隱隱約約聽到有道聲音對他說：

「可憐的笨蛋！你恣意胡來，沒多久就會後悔的。」

皮諾丘很害怕，東瞧瞧，西看看，想弄清楚聲音從哪裡來，卻連人影也沒看到。拉車的驢子繼續奔馳，驢車平穩前進，車裡的孩子們都睡著了，燈芯的呼嚕聲大得驚天動地，矮胖子則睡意朦朧地哼著歌。

又走了一英里左右，皮諾丘再次聽到那個微弱的聲音對他說：

「你記住，小笨蛋！不學習，將書本、學校、老師拋到腦後，一心一意只想玩，這樣的孩子遲早要後悔的。唉，這一切都是多麼的熟悉啊！我可以證明給你看。總有那麼一天，你也會像我一樣痛哭的，不過到那時已經遲了。」

聽了這些話，皮諾丘越來越害怕。他跳到地上，跑近剛才身下的小驢子，抓住小驢子的鼻子，看著小驢子的臉。他發現小驢子正在哭泣，就像孩子一樣，你們可以想像他有多驚訝。

「喂，驅車的先生，」皮諾丘喊道。「您知道發生了什麼事嗎？這頭小驢子在哭呢。」

「讓牠哭吧,等牠結婚了,就不哭了。」

「您教過他說話嗎?」

「我沒教過。他和一群受過馴的狗一起待了三年,所以學會了嘟噥幾句。」

「真可憐!」

「走吧,走吧。」矮胖子說。「別為一頭會哭的驢子耽擱時間了。快騎上去,我們走。夜裡小心著涼,旅途還很長呢。」

皮諾丘默默地騎了上去。馬車又奔馳起來。第二天黎明時,他們到達了嚮往已久的玩具國。

這個國家跟世界上所有其他國家都不相同。這裡的人口眾多,卻都是孩子。年紀最大的十四歲,最小的才八歲。街道上簡直吵翻天,叫喊聲、吹喇叭聲,震耳欲聾!

到處都是一群一群的男孩子:有的在打彈珠,有的在玩弄核桃,有的在打球,有的在騎單車,有的在騎木馬,有的在捉迷藏,有的在互相追逐,有的在玩雜耍,有的在唱歌、演戲;有後空翻的,有兩腳朝天倒立走路的,有穿著將軍服帶領一隊隊硬紙板士兵的,身後留下一連串的笑聲、噓聲、嚎叫聲及拍手聲。有位男孩學母雞咕咕叫,另一個則學公雞嗡嗡叫,還有一個學起了獅子大吼。總之,這些孩子是吵吵鬧鬧,嘰嘰喳喳,亂成一團,只有用棉花把耳朵塞住,才不至於耳聾。

所有的廣場上都是木製的小劇場,從早到晚都被孩子擠得水洩不通。所有房子的牆上都用炭筆寫著:

玩具國萬歲!打倒算術!不要學校!

皮諾丘、燈芯等旅途上的夥伴一踏進這個國家，就立刻進行了一番搜尋。他們到處遊蕩，走遍了每一處角落，走進了每一戶人家，每一座劇院。他們跟所有的孩子都當了朋友。這個世界上還有比他們更快樂的嗎？

　　在沒完沒了的吵鬧玩樂與宴會當中，一天一天，一個月又一個月的過去了，時間如閃電一樣飛逝。

　　「啊，這是多麼讚的生活啊！」皮諾丘每次見到燈芯，都會這麼感嘆說。

　　「我說對了還是錯了？」燈芯說問。「想想看，當時你還不想來呢！想想看，就在昨天，你腦裡還想著回去看你的仙女，重新好好學習呢！你如今能夠擺脫鉛筆、書本和學校帶來的煩惱，那全因為我，全因為聽了我的勸告，全因為有我的關心，你說對不對？只有真正的朋友才會這樣幫助你。」

　　「沒錯，燈芯，說得對。要說我今天能成為一個真正快樂的孩子，那全是你的功勞。你想想看，從前老師說起你時，常常跟我說：『不要跟燈芯搞在一起，他不是個好的朋友，總有一天會把你帶壞的。』」

　　「可憐的老師！」燈芯點了點頭說。「我知道他有多討厭我，總喜歡說我的壞話。不過我不是個小心眼的人，我原諒他了！」

　　「你好偉大喔！」皮諾丘說著，深情地擁抱了他的朋友。

　　五個月過去了，孩子們從早到晚，繼續玩呀，跑呀，從沒看見一本書、一張書桌或者一間學校。不過有一天早上，皮諾丘一覺醒來，遭到了一個意想不到的打擊，他頓時沉默了。

CHAPTER 32
皮諾丘的耳朵變成了驢耳朵，
不久他就變成一頭真正的驢子，開始像驢子一樣叫

*

每個人都會發現，在一生中的某個時刻，總會有某種驚喜在等待著自己。在那多事的早晨，這樣的驚喜對皮諾丘來說，雖然不嚴重，但是的確存在。是什麼呢？我來告訴你們，親愛的讀者們。

原來，皮諾丘一覺醒來，舉起手來搔搔腦袋，這一搔，他發現……

猜猜看？

他發現，一夜之間，他的耳朵多了足足有十英寸長。

你們知道，小木偶自從一生下來，就有一對小耳朵，小得肉眼都快看不到了。當他發現自己的一對小巧的耳朵在一夜之間竟長得跟鞋刷子一樣長，你們可以想像到他的感受吧。

他去找鏡子，沒找到，便在盆裡倒滿水，對著水照一照。他在水裡看到了人生中從來也不想看到的——他的頭上長了一對漂亮的驢子耳朵。

可憐的皮諾丘有多痛苦，多羞愧，多絕望，我就不多說了，你們自己想像吧。他哭了出來，剛開始低聲抽泣，後來嚎啕

大哭，最後是呼天搶地，然而他越是哭喊，耳朵就長得越長，耳朵上的毛就長得越多。

聽到皮諾丘的尖叫聲，住在樓上的胖胖的土撥鼠走進了他的房間。看見皮諾丘傷心的樣子，土撥鼠關心地問：

「怎麼了啦，親愛的鄰居？」

「我病了，我的土撥鼠，病得很重很重，這種病讓我很害怕。你會把脈嗎？」

「會一點。」

「那就給我把把脈吧，看我是不是發燒了。」

土撥鼠用兩隻爪子握住皮諾丘的手腕，過了幾分鐘，難過地望著皮諾丘說：「我的朋友，很遺憾我不得不告訴你壞消息。」

「什麼壞消息？」

「你得了一種非常糟糕的熱病。」

「什麼熱病？」

「驢熱病。」

「這種病我一點都不明白，」皮諾丘回答，其實他再明白不過了。

「那麼我解釋一下吧，」土撥鼠說道。「你知道嗎？再過兩三個小時，你就再也不是木偶，更不是孩子了。」

「那我會是什麼？」

「再過兩三個小時，你就會變成一頭真正的驢子，就像那種拉車的驢子，把水果拉到市場上去的驢子。」

「唉呀，我都做了什麼啊？我都做了些什麼啊？」皮諾丘叫喊著，用手抓住兩隻長耳朵，發瘋似的又扯又掐，好像不是自己的耳朵似的。

「我親愛的孩子，」為了安慰他，土撥鼠又說，「你現在擔心有什麼用？潑出去的水是收不回來的，你肯定心知肚明。命運女神早有安排——凡是討厭書、討厭上學、討厭老師，整天只知道玩耍的孩子，遲早都要變成蠢驢子。」

「這是真的嗎？」皮諾丘一邊問，一邊傷心地哭著。

「很遺憾，我不得不說這是事實。事到如今，流眼淚也沒有用了。你早該想到的！」

「可是這不是我的錯啊。相信我，土撥鼠，全都要怪燈芯。」

「燈芯是誰？」

「是我的同學。我本來想回家，想聽話，想學習，想做個好學生，但燈芯卻對我說：『你幹嘛浪費時間學習？你幹嘛要去上學？跟我到玩具國去吧，到了那，我們就再也不用學習了。我們可以從早玩到晚，開心每一刻。』」

「那你為什麼要聽那個假朋友的話呢？」

「為什麼？我的土撥鼠，因為我是一具沒心眼的木偶，沒心沒肺的木偶。哦，就算我還有一點良心，我也不會離開好心的仙女，她那麼疼愛我，對我那麼好！我這下子應該已經不再是木偶了，成了一個真正的男孩，就像我所有的朋友那樣。哦，要是再讓我碰上燈芯，我還不教訓他一頓，好好地教訓他一頓！」

說完這一大堆話之後，他朝門口走去。等到了門口，他突然想起了自己的驢耳朵，被大家看到會不好意思，於是便轉過身，走了回去。他從架子上拿了一個大棉布袋，套在頭上，往下拉，直到把鼻根都遮住了。精心打扮之後，他出了門。

　　他到處找燈芯，街上，廣場，劇院，全都找遍了，也沒有找到。他逢人就問，但每個人都說沒見到。沒有辦法了，他只好回家去敲門試試。

　　「誰呀？」燈芯在屋裡問。

　　「是我！」皮諾丘回答。

　　「稍等一下。」

　　足足等了半個小時後，門才打開。皮諾丘又嚇到了！只見他的好朋友的頭上也套著一個大棉布袋，往下拉，也把鼻根遮住了。看到那布袋，皮諾丘稍稍好過了點，心裡想著：「我的朋友肯定也得了跟我一樣的病！難道他也得了驢熱病？」他裝作什麼也沒看見，笑著問：

　　「你好嗎，我親愛的燈芯？」

　　「好極了，就像老鼠掉進了乳酪裡。」

　　「是真的嗎？」

　　「我騙你幹嘛？」

　　「對不起，朋友，那你幹嘛在耳朵上套棉布袋呢？」

　　「醫生讓我這麼做的，我膝蓋痛。你呢，親愛的小木偶，你幹嘛也套棉布袋，還一直拉到鼻根？」

　　「也是醫生讓這樣做的，我的腳給擦傷了。」

「唉，可憐的皮諾丘！」

「唉，可憐的燈芯！」

接下來是一陣令人尷尬的沉默，兩個好朋友好久都不說話，只是用嘲笑的眼神互相看著。

最後，皮諾丘用甜蜜又柔軟的聲音對朋友說：

「告訴我，燈芯，我親愛的朋友——你以前耳朵痛過嗎？」

「從來沒有！不過從今天早上起，我的耳朵痛得要命。」

「我的耳朵也痛死了。」

「你也耳朵痛？是哪一隻耳朵？」

「兩隻都痛。你呢？」

「也是兩隻都痛。難道我們得的是同一種病？」

「恐怕是。」

「你能幫我個忙嗎，燈芯？」

「樂意效勞！當然。」

「你能讓我看看你的耳朵嗎？」

「為什麼不？不過讓你看看我的耳朵前，我倒想先看看你的耳朵，親愛的皮諾丘。」

「不行，你必須先讓我看。」

「不行，親愛的！先看你的，然後再看我的。」

「好，就這樣吧，」皮諾丘說，「我們來訂個協議。」

「那就讓我們來聽聽協定的內容吧！」

「我們一起把帽子摘下來，好不好？」

「好。」

「那麼，預備！」皮諾丘開始數起來：「一！二！三！」

一聽到「三」字，兩個男孩扯下帽子，高高地拋到了空中。

　　接著令人難以置信的一幕發生了，不過卻真實無比。原來，當皮諾丘和他的燈芯看到他們是相同的模樣時，不但不覺得羞愧、難過，反而互相開起玩笑了，胡說八道之後，竟然放聲大笑起來。

　　他們笑啊笑，笑得肚子都痛了，眼淚鼻涕一大把。

　　突然，燈芯不笑了。他身子搖搖晃晃，幾乎倒下來。他的臉色變得鐵青，朝著皮諾丘說：

　　「救救我，皮諾丘，救救我！」

　　「你怎麼啦？」

　　「哦，救救我。我站不起來了！」

　　「我也站不起來了，」皮諾丘哭喊道。當他無助地東倒西歪時，笑聲不由得變成了淚水。

　　兩人話還沒說完，就四肢著地，在房間裡亂蹦亂跳，亂跑亂竄。他們跑著跑著，手臂就變成了驢腿，人臉也變成了驢臉，後背上長出了灰色的長毛。這下子他們可完蛋了，彷彿這是命中註定的。最可怕的是他們感覺到長出了尾巴的那一刻。他們既羞愧，又難過，想放聲大哭，哀嘆自己的命運。事已至此，他們倒是想哀號哭泣，可是從他們嘴裡發出來的卻是驢叫聲，聽起來就像「嗷！嗷！」。

　　就在這時，傳來了一陣響亮的敲門聲，然後有人叫他們：

　　「把門打開，我是矮胖子，就是把你們帶到這裡來的那個驅車人。快把門打開，不然就給我小心點！」

CHAPTER 33

皮諾丘變成了驢子，被一個馬戲團老闆買走了。
他摔殘以後，又被賣了，買主想用他的皮做鼓面

*

　　兩個孩子站在那，面面相覷，傷心不已，情緒低落。門外的矮胖子越等越不耐煩，最後一腳把門踹開。他望著皮諾丘和燈芯，嘴角掛著平常那迷死人的笑容，對他們說：

　　「幹得好，孩子們！你們叫得太棒了，我一聽就知道是你們，所以就趕來了。」

　　聽了這些話，兩頭小驢子羞愧地低下頭，聳拉著耳朵，夾起了尾巴。

　　起初，矮個子在他們身上邊拍邊撫摸，梳理他們的毛。隨後他拿出一把刷子，在他們身上刷著，把他們刷得油光滑亮，刷到讓他滿意，然後再給他們套上韁繩，把他們牽到遠離玩具國的市集上，希望賣個好價錢。

　　燈芯被一個農夫買走了，原來農夫的驢子前一天死掉了。皮諾丘則被賣給了一個馬戲團的老闆，他想教會皮諾丘為觀眾要把戲。

　　如今你們明白了矮胖子是做什麼的嗎？別看這矮胖子長得和顏悅色，卻到處周遊尋找男孩子。尤其是那些懶孩子、

那些不喜歡書本的孩子、那些想離家出走的孩子、那些對學校感到厭倦的孩子。他以此為樂，就靠這個發大財。他把孩子們帶到玩具國，讓他們玩得開心。什麼事情也不做，玩了幾個月之後，孩子們就會變成小驢子，被帶到市場上賣掉。沒過幾年，他就變成了百萬富翁。

燈芯後來怎麼樣了呢？我不知道，我親愛的孩子們，不過我只知道皮諾丘從被賣出去那天起就倒大楣囉。

皮諾丘被牽到了驢棚裡，新主人往飼料槽裡裝滿了稻草。皮諾丘剛嚼了一口就吐了出來。

主人然後又往飼料槽裡加滿了乾草，但皮諾丘依然不喜歡吃。

「哦，你連乾草也不喜歡吃？」主人生氣了，對著皮諾丘唸道。「等著看吧，漂亮的小驢子，我會讓你不再挑食的。」

說完，他不再多說什麼，拿起一根鞭子，朝皮諾丘的腿上猛抽一下。

皮諾丘痛得叫出來，可是叫出口的卻是：

「嗷，嗷，稻草我消化不了啦。」

「那就吃乾草吧，」驢說的話主人一聽就懂，於是回答道。

「嗷，嗷，乾草讓我頭痛。」

「你是不是希望我用超級大餐來餵你啊？」主人越說越氣，又給了皮諾丘一鞭。

挨了第二鞭後，皮諾丘安靜下來，什麼也不說了。

之後，驢棚的門被關上了，只剩下皮諾丘孤伶伶一個。

他已經好幾個小時沒吃東西了，餓到打起哈欠。他這一哈，嘴張得像烤箱那麼大。

食槽裡除了乾草，別的什麼也沒有，於是皮諾丘只好將就一下，嚐了嚐乾草。嚐了之後，他把草嚼得爛爛的，然後兩眼一閉，把草吞了下去。

「這乾草味道還不錯，」他自言自語道，「不過我當時要是繼續上學，現在就享受多了，吃的就不會是乾草，而是麵包和黃油。我要有耐心！」

第二天早晨，皮諾丘一覺醒來，想在飼料槽裡多找些乾草，卻沒找到，原來他在夜裡把草全吃光了。

於是他嚐了嚐稻草。然而他把稻草嚼碎後，卻很失望，發現稻草的滋味一點都不像米飯或麵條。

「我要有耐心！」他一邊嚼，一邊說。「但願我的不幸能讓那些不聽話、不愛學習的孩子一個教訓。別著急！要有耐心！」皮諾丘無可奈何，好像有點認命了。

「的確要有耐心！」主人這時正好走進廄，對著他吼道。「我的小驢子，你以為我把你買來，只是為了讓你吃喝玩樂的吧？你錯了！你得幫助我賺些閃亮亮的金幣，你聽見了嗎？跟我來，我要教你怎麼跳、怎樣鞠躬，教你跳華爾滋和波卡舞，甚至要教你倒立。」

可憐的皮諾丘，不管他喜不喜歡，不得不學會這些精彩的把戲，為了學會這些把戲，他用了整整三個月的時間，挨了不知多少鞭，最後主人才宣布他已經學會了。

這一天終於來臨了，皮諾丘的主人終於可以向觀眾宣布將要舉行一場特別的演出。城裡到處都張貼著海報，這樣寫著：

今晚大看點
馬戲團偉大的藝術家和名馬
將表演跳躍和體操
有舞蹈巨星之稱的小驢子皮諾丘
將首次登臺獻藝
屆時馬戲團將亮如白晝

就像你們可以想像的那樣，那天晚上演出開始前一個小時，馬戲場就人滿為患了，不論是正廳前排，貴賓席，包廂，全都沒有空位，再有錢也沒輒。

馬戲團的舞臺下坐滿了大大小小的男孩女孩。他們又跳又扭，都急著想看有名的小驢子皮諾丘跳舞。

演出的上半場結束後，馬戲團老闆兼經理出現在觀眾面前。他穿著黑色燕尾服，下半身穿白色馬褲，腳上是一雙長筒大皮靴，用宏亮又華麗的聲音向觀眾宣布：

「各位貴賓，女士，先生們！今晚，請允許在下，也就是本馬戲團的經理，向各位隆重介紹世界最偉大、最著名的小驢子，在牠短暫一生中，曾有幸光臨歐洲各個宮廷，為國王、王后們和皇帝們演出過。謝謝大家！」

經理的一席話贏來了熱烈的笑聲和掌聲。等到著名的小驢子皮諾丘出現在舞臺上時，掌聲變得震耳欲聾。皮諾丘打扮得非常漂亮。只見他背上背著一副新驢鞍，那是用光亮的皮子做的，並且裝飾著閃亮的銅釦；兩隻耳朵上各插著一朵白色山茶花；驢鬃捲成了許多小捲，裝飾著紅綢帶和流蘇；腰上戴著寬寬的金銀腰帶；尾巴繫著五顏六色的彩帶。總之，皮諾丘成了一頭惹人喜愛的小驢子。

經理在向觀眾介紹皮諾丘的時候，又加了幾句話：

「敬愛的觀眾們！今晚，我想占用大家一點時間，向大家匯報一下我在非洲荒野裡找到這頭小毛驢後，我為了馴服他，遇到了多少困難。請大家觀察他眼中流露出的野性。幾個世紀以來，文明社會用來駕馭野獸的方法在他身上全都失敗了，到了最後，我為了讓他聽話，我不得不求助於一種語言——皮鞭式溫柔的語言。儘管我對小驢子一片好心，卻從來得不到牠的愛，如今牠仍然怕我、恨我。不過我也在牠身上發現了這個優點，這個優點可以彌補一切。大家都看到他額頭的這個小小凸起了嗎？正是這塊凸起賦予了牠偉大的舞蹈天分，讓牠的腿像人一樣靈活。欣賞吧，先生們，盡情地歡樂吧。如今請你們作為評審，對我的馴獸成績作出評價。在我走下舞臺之前，我想告訴大家，明天晚上將繼續演出。要是下雨的話，演出就改在上午十一點。」

馬戲團經理彎腰敬禮，然後轉身對皮諾丘說：

「準備演出，皮諾丘。開始表演之前，先向觀眾行禮！」

皮諾丘順從地跪了下來，一直跪到經理揮了鞭哨，喝斥道：「走！」

　　皮諾丘站了起來，繞著表演場走。幾分鐘後，經理又喊道：「快走！」皮諾丘於是加快了步伐。

　　「跑！」皮諾丘於是跑了起來。

　　「全速奔跑！」皮諾丘於是拼命奔跑。就在皮諾丘奔跑的過程中，馬戲團經理抬起手臂，空中傳來了一聲槍響。聽到槍聲，小驢子一頭栽在地上，好像真的死了。

　　皮諾丘在一片掌聲站了起來。叫喊聲、吼叫聲、拍手聲，從四面八方傳來。

　　聽到吵鬧聲，皮諾丘抬起頭，往上看了看，發現前面的包廂中有一位美麗的女子，脖子上戴著一條長長的金項鍊，項鍊上掛著一枚大獎章，獎章上畫著一個木偶像。

　　「那畫像就是我啊！那漂亮的女士就是我的仙女啊！」皮諾丘認出了仙女，自言自語道。他高興極了，拼命喊道：

　　「啊，我的仙女呀，我的仙女呀！」

　　然而從場上傳出的不是這些話，而是響亮的驢叫聲，又長又響亮，逗得滿場的觀眾，男女老少，尤其是孩子們，都大笑起來。

　　這時，馬戲團經理為了教訓他，為了讓他明白當著觀眾嘶吼是沒有禮貌的，舉起鞭子朝他的鼻子打了一下。

　　可憐的小驢子伸出長舌頭，在鼻子上舔了很長時間，想減輕疼痛。

可是當他再次抬起來時，望向包廂時，仙女已經不見了，你看牠那個傷心的樣子！皮諾丘熱淚盈眶，失聲痛哭了起來，都快昏過去了。然而這一切誰也沒有察覺到，馬戲團經理更是全然不知，而是繼續揮舞著鞭子，喊道：

「幹得好，皮諾丘！現在讓大家看看你跳圈的動作有多麼優雅。」

皮諾丘試了兩三次，但每次到了圈邊，都發現自己比較喜歡從底下鑽過去。最後一次，他被主人瞪了一眼，於是只能狠心穿過了鐵圈，但不幸的是兩條後腿卻被鐵圈絆住了，重重地栽倒在地上，跌做一堆。

他站起來時，腿瘸了，好不容易才回到了驢棚。

「皮諾丘出來！我們要看皮諾丘！我們要看小驢子！」觀眾席上的男孩子們十分同情皮諾丘的悲慘遭遇，齊聲喊道。

那天晚上，小驢子皮諾丘卻再也沒有露面。

第二天早晚，獸醫說皮諾丘將終身殘廢。

「我要一頭瘸腿驢幹什麼？」經理對驢僮說。「把他牽到市場上賣了。」

一到市場上，他們很快就找到了買主。

「這頭小瘸腿驢賣多少錢？」買主問。

「四塊錢。」

「我出四分錢。別以為我是買回去讓他生活的，我只是要他那張皮罷了。驢皮看上去很結實，可以用來做鼓面。我們村子有個樂隊，我是其中一員，想有個鼓。」

親愛的孩子們，當皮諾丘聽到自己將要被拿去做鼓面時，心裡會有多少高興，我就留給你們自己去想像吧。

　　買主付完了四分錢，小驢就交到了他手上。他把皮諾丘帶到了海邊的一塊礁石上，往他的驢脖子上拴了一塊大石頭，用一根繩子綁在一條後腿上，然後一推，把他推到了水裡。

　　皮諾丘立刻沉了下去。他的新主人坐在那塊礁石上，等著他被水淹死了，然後剝下他的驢皮去做鼓面。

CHAPTER 34

皮諾丘被扔進了海裡，被魚吃了，又變成一具木偶。
他往岸上游時，又被鯊魚吞了

*

皮諾丘在海裡越沉越深，懸崖上的買主在等了五十分鐘後，自言自語道：

「這下子，我那可憐的瘸腿小驢肯定已經淹死了。把牠拉上來，接下來我就可以製作我那漂亮的大鼓了。」

他開始拉那根拴在皮諾丘腿上的繩子，用力地拉呀，拉呀，拉呀，最後被拉出水面的……你們猜猜是什麼？被拉出水面的不是一頭死驢，而是一具活木偶，正在像一條鱔魚一樣扭動著。

看到木偶，可憐的買主還以為自己在做夢，張大了嘴巴坐在地上，眼球都快掉出來。

最後，他好不容易回過神來，問道：

「我推到海裡的那頭驢子呢？」

「我就是那頭驢子啊，」皮諾丘笑著回答。

「是你？」

「是我。」

「喂，你這小騙子！你在唬爛我嗎？」

「唬爛您？才不是呢，親愛的主人，我跟您說的是真話。」

「那麼幾分鐘前，你還是頭驢，現在怎麼變成了木偶呢？」

「大概是海水的作用。大海喜歡開這樣的玩笑。」

「給我小心點，木偶，你給我小心點！不准唬爛我！你最好給我注意一點，不要惹我發火。」

「好的，主人，您想知道這是怎麼一回事嗎？那就把我鬆綁，我跟您好好說一說。」

老人對木偶的事很好奇，便立刻解開了皮諾丘腳上的繩子。皮諾丘感覺就像小鳥出了籠，便開口講起了自己的故事：

「您要知道，從前，我曾經是一具木偶，就跟我現在一樣。有一天，我差點就要成為一個男孩，一個真正的男孩，可是由於我懶惰，不愛學習，聽信了壞朋友的話，從家裡跑了出來。一個美麗的早晨，我一覺醒來，發現自己變成了一頭驢，長著長長的耳朵，一身灰毛，甚至還長了一根尾巴。那是讓人多麼羞愧的一天啊！我希望您永遠也不要有那樣的經歷，親愛的主人！我被帶到了驢市上，賣給了馬戲團的老闆，他讓我學會跳舞、跳圈。有一天晚上，我在表演時摔了一大跤，把腿摔瘸了。老闆不知道要一頭瘸腿驢有什麼用，就讓人把我牽到市場，結果被您買回來。」

「沒錯，確實！為了你，我還花了四分錢呢。現在誰能還我錢？」

「您為什麼把我買下來？不就是要傷害我，殺我，用我的皮做鼓嗎？」

「沒錯，確實！現在我到哪再去找一張驢皮？」

「別失望，我的主人。這個世界上驢子多的是！」

「告訴我，你這個沒教養的小流氓，你的故事就這樣嗎？」

「還剩下一句話，」木偶回答。「您把我買來後，把我帶到這個地方本來要殺死我的，但您又動了惻隱之心，結果把一塊石頭綁在我的脖子上，把我推到海裡。您的心眼真好，想讓我少受點罪，我一輩子也不會忘記您的恩情的。如今我的仙女會照顧我的，要是您……」

「你的仙女？她是誰？」

「是我媽媽，她和所有熱愛自己孩子的好心媽媽一樣，從不讓我從她的視線中消失，即使我不值得她操心。今天，好心的仙女一看到我快被淹死了，馬上就派來好成千上萬的魚，把我當成一頭死驢吃了起來。牠們吃得真享受啊！有的吃我的耳朵，有的咬我的鼻子，有的啃我的脖子和驢鬃，有的吃我的腿，還有的吃我的後背。其中有一條小魚特別懂禮貌，特別溫柔，竟然吃掉了我的尾巴。」

「從今以後，」買主聽得起雞皮疙瘩，說道，「我發誓再也不吃魚肉了。打開炸好的香噴噴的鯡鯉魚和白鮭，竟在它們的肚子裡發現一條死驢的尾巴，一想起來就讓人噁心！」

「我也這麼想，」皮諾丘笑著說，「不過您應該知道，當那些魚吃完我渾身上下的肉之後，自然而然就要啃骨頭，當然，就我而言，更確切的說是啃木頭。正如您知道的那樣，我全

身都是用非常堅硬的木頭做的。那些貪吃的魚咬了幾口之後，發現木頭傷牙，而且擔心會消化不良，便掉頭到處亂跑，連道個別或道聲謝也沒有。親愛的主人，這就是我全部的故事。如今您曉得為什麼您把我拉上來，發現拉上來的不是一頭死驢而是一個活木偶啦。」

「你覺得好笑嗎？」買主勃然大怒。「我只知道我是花了四分錢把你買回來，我想要回我的錢。你知道我要怎麼做嗎？我要再把你帶回市場，把你當成柴火給賣掉。」

「太好了，那您就賣吧。我很高興呢，」皮諾丘一邊說，一邊飛身一躍，跳到了水中。他一邊拼命向海水深處游去，一邊笑道：

「再見啦，主人，您要是需要一張做鼓的皮，可別忘記了我。」

他往前游啊，游啊。過了一下子，他轉過身來，用更大的聲音喊道：

「再見啦，主人，您要是需要乾柴火，可別忘記了我。」

沒過多久，皮諾丘就游遠了，幾乎看不到他的身影，藍色的海面上只留下一個小黑影，時不時把腿或手臂伸出水面，飛快地往前游。看到這情況，人們會以為皮諾丘已經變成了在陽光下嬉戲的海豚。

就這樣游了好一陣子，皮諾丘看到大海當中有一塊巨大的礁石，像白玉一樣白。礁石的頂上有一隻小山羊，咩咩叫地呼喚著他游過去。

這隻小山羊看上去有些奇怪，跟別的山羊不一樣，毛色既不白不黑，也不是棕色的，而是藍色的——耀眼的深藍色，讓人想起可愛仙女的頭髮。

皮諾丘的心跳越來越快。他加倍努力，向著白礁石拼命游過去。快游到一半時，水裡突然冒出一顆面目猙獰的海怪的頭，張著血盆大口，露出三排明亮的利齒，讓人看著就顫寒。

你們知道這海怪是誰嗎？

這海怪正是本書經常提到的大鯊魚。由於牠極其兇殘，漁夫和魚類都給牠起了個綽號，叫做「海魔」。

可憐的皮諾丘！看到海怪，他被嚇得魂飛魄散！他馬上改變了方向，想躲過牠，想要逃跑，但那血盆大口卻越來越近。

「快點，皮諾丘，我求你了！」小山羊在礁石上焦急地咩咩叫道。

皮諾丘使出渾身解數，手臂、胸膛、腿、腳一起划動，拼命往前游。

「快游，皮諾丘，海怪已經靠近你啦！」

皮諾丘越游越快，越游越有力。

「再快點，皮諾丘！海怪追上來了！來了！來了！快，快，要不然就要被吃掉啦！」

皮諾丘像顆發射出去的子彈，游得更快。這時他已經游近了那塊礁石，小山羊探下身子，伸出一條腿，要把皮諾丘從水裡拉上來。

啊呀！已經太遲了！海魔「大鯊魚」追上了皮諾丘，皮諾丘發現自己被咬在明亮的利齒中央。大鯊魚深吸一口氣，就像吸生雞蛋，把皮諾丘一下就吸到了嘴裡。然後牠猛然一吞，皮諾丘就掉進了牠的肚子裡，摔得頭暈目眩，半個小時都沒恢復。

　　等他恢復了知覺，皮諾丘已經記不得自己到了哪裡。周圍漆黑一片，黑得他感覺自己好像一頭栽進了墨水瓶裡。他聽了聽，什麼也聽不到，只是時不時會有一陣冷風吹在自己的臉上。起初，他搞不清楚這風到底是從哪來的，但後來他明白了，風是海魔的肺裡來的。對了，我忘記告訴你們了，這條鯊魚得了嚴重的氣喘病，只要一喘氣，就像刮起大風。

　　起初，皮諾丘還想著堅持住，等到他確定自己真的是在海魔的肚子裡，他馬上嚎啕大哭。「救命啊！救命啊！」他哭道。「哦！可憐我一下吧！為什麼沒人來救我啊？」

　　「誰會來救你，不幸的小男孩？」有人怪聲怪氣地說，聲音就像跑了調的吉他。

　　「是誰在說話？」皮諾丘問。他被嚇得一動都不敢動。

　　「是我，一條可憐的金槍魚，是和你一起被大鯊魚吞進肚子裡的。你是什麼魚？」

　　「我和魚沒有關係，我是具木偶。」

　　「你如果不是魚，怎麼會被大鯊魚吃了？」

　　「不是我讓大鯊魚吃的啊。大鯊魚追我，連招呼就不打就把我吃了！現在，我們在這黑暗中要幹什麼？」

「等吧，等著大鯊魚把我們全消化掉。」

「但我不想被消化掉啊！」皮諾丘又哭了起來。

「我也不想啊，」金槍魚說道。「但我還算聰明，我知道既然生下來是條魚，死在水裡總比死在油鍋裡更合適。」

「胡說八道！」皮諾丘反對。

「這是我『這隻魚』的看法，」金槍魚回答說。「大家的意見都應該受到尊重。」

「我想從這裡出去。我要逃出去。」

「能逃的話，你就逃吧。」

「把我們吞下去的這條鯊魚很長嗎？」皮諾丘問。

「不算尾巴，光身體就有近一英里長。」

當他們在黑暗中這麼說話的時候，皮諾丘隱隱約約看到老遠處有一團亮光。

「那會是什麼呢？」皮諾丘問金槍魚。

「別隻可憐的魚，和我們一樣，在等待著被大鯊魚消化掉。」

「我想見見牠。或許是條老魚呢，可以給我指引一條生路。」

「祝你好運，親愛的木偶。」

「再見，金槍魚。」

「再見，小木偶，祝你好運。」

「我們什麼時候再見？」

「誰知道呢？最好別再提這件事了！」

CHAPTER 35

皮諾丘在大鯊魚的肚子裡遇到了誰？
閱讀這一章後，孩子們，你們就知道了

*

皮諾丘剛和好朋友金槍魚道完別，就借助遠處微弱的亮光，在黑暗中蹣跚前行。

他往前走時，覺得自己好像走在一池油膩膩、滑溜溜的水塘裡。水有一種濃郁的炸魚味，讓他想到了綠色的漁夫。

他越往前走，那團光亮就越清晰。他走啊，走啊，直到他發現……我親愛的孩子們，你們猜他看到了什麼？

他看到一張擺好餐具的小桌子，桌上一根點著的蠟燭插在一隻玻璃瓶裡，桌子旁坐著一個小老頭，頭髮像雪一樣白，正在吃著活魚。這些魚都拼命扭動，時不時有魚從小老頭的嘴裡滑出來，逃到桌子底下的黑暗。

看到這一幕，可憐的木偶頓時開心過頭，差點暈過去。他想笑，又想哭，還有一大堆話要說，可是卻待在原地，嘴角抖動，結結巴巴，只說出幾句前言不搭後語的話。最後，費那好大的勁，他歡呼一聲，張開雙臂，猛撲過去，摟小老頭的脖子：

「啊，爸爸！我終於找到您啦！從今往後我再也不離開您了！」

「這麼說，我的眼睛沒有看錯？」老頭揉揉眼，回答道。「你真的是我的皮諾丘嗎？」

　　「是，是我啊！看看我！您已經原諒我了，是嗎？啊，我親愛的爸爸，您真好！想想我自己……唉，您不知道我受了多少責難，吃了多少苦啊！我想一想，就在您賣了舊外套，給我買了課本，讓我去上學的那天，我卻跑進了木偶劇場，被木偶藝人抓住了，然後要燒掉我，烤他的羊肉。就是他給了我五枚金幣，讓我帶回來給您，但我碰上了狐狸和貓，他們把我領到了紅蝦旅店。他們狼吞虎嚥地吃了一餐，卻留下我一個人獨自上路，結果在森林裡遇到了強盜。我跑在前面，他們在後面緊追不捨，追到我後，把我吊在一棵大橡樹的樹枝上。後來，藍頭髮的仙女派人乘馬車去救我，醫生在給我做了檢查之後說：『倘若不幸未死，則完全可以肯定此人一命未盡。』後來我說了個謊，鼻子就開始變長。長啊長啊，長到最後我連門都出不了。再之後的事，我跟狐狸和貓去了奇蹟之田，把金幣種下去。後來，我不但沒找到兩千枚金幣，連本金都沒了。法官聽說我被搶了，就把我關進了大牢，討強盜高興。我跑出來之後，看見葡萄藤上掛著一串誘人的葡萄。我被夾子給夾住了，農夫在我的脖子上套了狗項圈，讓我做看門狗。等到我抓到了黃鼠狼，他發現我是無辜的，就放我走了。尾巴冒煙的大蛇開始笑起來，笑斷了胸口的一根血管，於是我回到了仙女的家。仙女死了，鴿子看到我在哭，於是對我說：『我看到你的爸爸在造小船，要到美洲去找你』。

我對他說：『唉，要是我也有翅膀就好了！』。鴿子問我：『你想找你爸爸嗎？』。我說：『也許吧，但怎麼去呢？』牠說：『到我背上。我帶我去。』我們飛了一整夜，第二天早晨，所有的漁夫都望著大海，喊道：『有個可憐的小老頭要被淹死了。』我知道那個人就是您，是我的心聲告訴我的，於是我從岸上向您揮手致意。」

「我也認出你來了，」傑佩托說，「我想到你身邊去，但怎麼過去呢？當時海浪太大了，一個巨浪掀翻了我的小船。後來一條可怕的大鯊魚就從深海裡來到附近，一看到我掉到了水裡就快速向我游過來，伸出大舌頭，一口就把我吞了下去，好像我是一顆巧克力薄荷糖一樣容易。」

「您被堵在這裡多久了？」

「從那時到現在，已經有長長的兩年時間了。兩年啊，我的皮諾丘，就像兩百年一樣長。」

「您是怎麼活下來的呢？您從哪兒找來的蠟燭？還有點蠟燭的火柴，您是從哪弄來的？」

「你知道嗎？在那場把我的小船掀翻的風暴中，有一艘大船也遭到了同樣的厄運。水手都得救了，但船卻沉到了海底，把我吃下去的大鯊魚幾乎把那艘大船也吞了下去。」

「什麼？吞下一艘大船？」皮諾丘吃驚地問。

「一口就吞下去，只是把主桅杆卡在牙縫中，然後又被吐了出來。對我來說，說來真是幸運，那艘大船上裝著好多東西，有肉、罐頭、餅乾、麵包、葡萄酒、葡萄乾、乳酪、

咖啡、白糖、蠟燭、火柴。靠著這些東西，我才能夠快快樂樂地活了這整整兩年，不過現在也是用盡了。到了今天，食物儲藏室裡的東西都吃光了，你看見的這根蠟燭也是最後一根了。」

「那以後呢？」

「以後？親愛的，以後我們就得待在黑暗中了。」

「這樣的話，爸爸，」皮諾丘說，「我們就不能再浪費時間了，必須馬上設法逃走。」

「逃走？怎麼逃？」

「我們可以從大鯊魚的嘴裡跑出去，跳到海裡。」

「你說得有理，可是我不會游泳呀，親愛的皮諾丘。」

「那有什麼關係？我游泳超強，您騎在我的肩膀上，我保證把您安全地接到岸上。」

「這是作夢，我的孩子！」傑佩托搖了搖頭，慘慘一笑。「你認為一具才沒多高的木偶，會有力氣背著我游泳嗎？」

「您先試試看再說！不管怎麼說，要是上天一定要我們死，起碼我們能夠一起死。」

皮諾丘不再說什麼，而是拿起蠟燭，在前面領著路，然後對爸爸說：

「跟我走，別害怕。」

他們走了好長一段路，終於穿過了大鯊魚的肚子，走過大鯊魚的腹腔，來到了這隻海魔的喉嚨。他們停下了腳步，等待機會逃出去。

你們要知道，大鯊魚已經很老了，又有氣喘病和心臟病，所以不得不張著嘴睡覺。正因如此，皮諾丘透過那張開的利齒縫，往上一看，可以一片星空。

　　「我們逃跑的機會到了，」他轉過頭，悄悄地對他爸爸說。「大鯊魚睡熟了。海上又風平浪靜，今晚也亮如白晝。跟好了，親愛的爸爸，我們很快就得救了。」

　　說做就做。他們就沿著大鯊魚的喉嚨往上爬，爬進了張開的大嘴裡，然後踮起腳尖走，這是因為要是他們萬一弄癢鯊魚的舌頭，他們會到哪裡去呢？那舌頭又寬又長，就像鄉下的大路一樣。就在他們準備縱身跳到海裡的一瞬間，大鯊魚打了一個噴嚏，把皮諾丘和傑佩托震得往後一彈，他們摔了個人仰馬翻，狼狽地摔回到大鯊魚的肚子裡。

　　更為糟糕的是，蠟燭熄滅了，父子們眼前一片漆黑。

　　「現在怎麼辦？」皮諾丘一臉嚴肅地問。

　　「徹徹底底完了。」

　　「怎麼會完了呢？把手給我，親愛的爸爸，小心別滑倒。」

　　「你要帶我到哪裡去？」

　　「我們得再試試。跟我來，別害怕。」

　　說完，皮諾丘抓住他爸爸的手，踮起腳尖，沿著喉嚨再次往上爬，然後走過舌頭，翻過三排大牙。在縱身跳到海裡之前，皮諾丘對他爸爸說：

　　「您騎到我的肩膀上來，緊緊摟住我的脖子，其他的你不要管。」

等傑佩托舒服地騎到了皮諾丘的肩膀上，皮諾丘滿懷信心地跳到了水裡，游了起來。大海像油一樣，月光皎潔明亮，大鯊魚繼續酣睡著，就是響起火炮也吵不醒牠。

CHAPTER 36
皮諾丘不再是具木偶，變成了一個真正的男孩

*

「親愛的爸爸，我們得救了！」小木偶喊道。「我們現在只需要游到岸邊，這很容易的。」

他不再多說，奮力往前遊，想盡快上岸。突然，他發現爸爸在打噴嚏，好像發了高燒似的。

他是因為害怕還是寒冷而發抖呢？只有天知道！也許兩者都有吧。皮諾丘認為他爸爸是因為害怕而發抖，便出聲安慰：

「勇敢點，爸爸！再過一下子，我們就安全上岸了。」

「可是這幸福的岸邊在哪呀？」小老頭問。他設法穿過遠處的陰影時，心裡越來越不安。「我四下都看過了，除了天空和大海，什麼也沒有。」

「我看見海岸了，」皮諾丘說。「您別忘了，我像隻貓，在夜晚比白天看得更清楚。」

可憐的皮諾丘假裝心氣平和，心滿意足，而實際上卻不是這麼回事。他開始感到沮喪，感到力氣越來越小，呼吸越來越大。他感到撐不下去了，但離岸邊還遠著呢。

他又劃了幾下，然後轉過頭，衝著傑佩托虛弱地喊：

「救救我，爸爸！救救我，我快要死了！」

父子兩人眼看就要淹死了，就在這時，他們聽到一個像跑了調的吉他的聲音從海裡問道：

「怎麼回事？」

「我，還有我可憐的爸爸。」

「我聽出了這聲音！你是皮諾丘！」

「對，你是誰？」

「我是金槍魚啊，你在大鯊魚肚子裡遇到的難兄難弟。」

「你是怎麼逃出來的？」

「跟你學的。是你給我指了一條路，你走了之後，我也逃了出來。」

「金槍魚，你來得正好！求求你，出於你對你的那些小金槍魚孩子們的愛，幫幫我們吧，要不然我們就完蛋了。」

「樂意之至。你們都抓住我的尾巴，我帶著你們。只要一下子，你們就會安全到岸上。」

你們可以想像，傑佩托和皮諾丘並沒有拒絕金槍魚的邀請；實際上，他們並沒有抓住金槍魚的尾巴，而是覺得騎到牠的背上更好。

「我們是不是太重了？」皮諾丘問。

「太重？一點也不會，你們就像貝殼一樣輕，」金槍魚回答，牠的身體有兩歲的馬那麼大。

到了岸邊，皮諾丘先跳到了岸上，然後扶著爸爸上了岸。然後他轉過身來，對金槍魚說：

「我親愛的朋友，是你救了我爸爸的命！對你的感激之情，我無法表於言語！請讓我擁抱你，以表示我永遠的感謝。」

金槍魚把鼻子從水裡伸起來，皮諾丘跪在沙灘上，在牠的臉上深情地親了一口。可憐的金槍魚還從來沒有經歷過這樣的溫情，像孩子般哭了起來，卻又感到很不好意思，又感到有些羞恥，便躍入水中，消失不見了。

這時，天亮了。

傑佩托都快要站不住了，皮諾丘伸出手臂扶著爸爸，對他說：

「靠在我的肩膀上，爸爸，我們走吧。我們慢慢、慢慢地往前走，累了就在路邊休息。」

「我們到哪裡去呢？」傑佩托問。

「去找好心人，求他們給我們點麵包吃，再給我們一點稻草鋪著睡覺。」

他們還沒走上一百步遠，就看見兩個面相醜陋的人正坐在路邊乞討。原來是狐狸和貓，一副慘兮兮的樣子，都差點認不出來了。多年來一直裝瞎的貓現在兩眼都瞎了。狐狸呢，又老又瘦，毛幾乎掉光了，甚至連尾巴都沒了。這個狡猾的盜賊到頭來貧困潦倒，有一天不得不把美麗的尾巴賣掉，換點吃的。

「哦，皮諾丘，」狐狸嗚咽著說，「給點吃的吧，求求你了。我們又老又累又病懨懨的。」

「病懨懨的，」貓重複道。

「再見吧，騙子們！」皮諾丘回答。「你們從前騙過我，我再也不會上當了。」

「相信我們吧，我們如今真的貧困潦倒，忍飢挨餓。」

「忍飢挨餓！」貓重複道。

「你們要是貧困潦倒，那是活該，不要忘了有句話是這麼說的：『偷來的錢結不了果。』再見，騙子們。」

「可憐可憐我們吧！」

「可憐我們吧！」

「再見，騙子們，不要忘了有句話是這麼說的：『不義之財難享受。』」

「不要丟下我們！」

「丟下我們！」貓重複道。

「再見，騙子們，不要忘了有句話是這麼說的：『偷別人襯衣的人，死了連襯衣都穿不上。』」

皮諾丘和傑佩托和兩個騙子揮手道別，然後一聲不響地繼續上路。又走了幾步，他們看到一條長長的小路盡頭，在幾棵樹旁，有一座小茅草屋。

「茅屋裡肯定有人住，」皮諾丘興奮地說。「我們過去看看。」

於是他們走過去敲了敲門。

「誰呀？」屋裡有個細小的聲音問。

「我們是一對可憐的父子，沒有吃的，沒有住的，」皮諾丘回答。

「轉一下鑰匙，門就開了，」還是剛才那個聲音在說著。

皮諾丘轉動鑰匙，門開了。進屋後，他們東看看，西瞧瞧，卻什麼人也沒見到。

　　「咦，草屋的主人在哪呢？」皮諾丘詫異地說。

　　「我在這上面呢！」

　　父子倆人抬起頭往天花板上看，看見會說話的蟋蟀正坐在一根橫樑上了。

　　「啊！是我親愛的小蟋蟀呀，」皮諾丘彬彬有禮地一鞠躬，招呼道。

　　「哦，現在你把我稱為你親愛的小蟋蟀了，可是你還記得用槌子砸我，把我殺死那回事嗎？」

　　「你說得對，親愛的蟋蟀！現在你用槌子砸我吧，我罪有應得，不過請饒了我可憐的老爸爸。」

　　「你們父子兩人我都會饒恕的。我只是想提醒你很久以前你對我做過的壞事，讓你知道，在我們這個世界上，在我們遇到難處時，想要別人對我們發善心，對我們客客氣氣的，我們就必須善待別人，對別人客客氣氣的。」

　　「你說得對，小蟋蟀，絕對正確，我會記住你的教誨的。不過請你告訴我，你怎麼會買得起這座漂亮的茅草屋的呢？」

　　「這棟茅草屋是一隻長著藍色羊毛的山羊昨天才送給我的。」

　　「山羊去哪了？」皮諾丘問。」

　　「我不知道。」

　　「她什麼時候能回來？」

「她再也不會回來了。昨天臨走時，她傷心極了，咩咩叫著，好像是在說：『可憐的皮諾丘，我再也見不到他了……大鯊魚肯定已經把他吞下去了！』。」

「她真的這麼說的嗎？這麼說真的是她！真的是我親愛的仙女！」皮諾丘傷心地哭喊道。他哭了一下子，然後擦乾眼淚，用稻草幫老傑佩托鋪了張床。他扶父親躺下，然後問會說話的蟋蟀：

「告訴我，小蟋蟀，到哪能弄到一杯牛奶給我可憐的父親喝呢？」

「從這裡走過三塊田地，有一個叫約翰的農夫，他那裡養著幾隻乳牛。你去找他，他會給你想要的東西。」

皮諾丘一口氣兒跑到了農夫約翰的家裡。農夫問他：

「你要多少牛奶？」

「我要一杯滿的。」

「一分錢一杯滿，你先付我一分錢。」

「我沒有錢，」皮諾丘回答，既傷心又慚愧。

「這不好喔，我的木偶，」農夫說。「這真的很不好。你要是沒錢，我也沒有牛奶給你。」

「那太糟糕了！」皮諾丘說完，正要離開。

「等一下，」農夫約翰說。「也許我可以通融一下。你知道怎麼從井裡打水嗎？」

「我可以試一試。」

「那就到那邊的水井打一百桶水來。」

「好的。」

「等你做完了，我給你一杯甜甜的熱牛奶。」

「那好吧。」

農夫約翰把皮諾丘帶到井邊，教他如何打水。皮諾丘按照自己的理解做起工作來，不過打滿一百桶水還早呢，他就累得精疲力盡，汗流浹背。他從來沒這麼活躍過呢。

「以前啦，都是小驢子替我打水，」農夫說道。「不過如今那可憐的畜生就要死了。」

「您能帶我去看看牠嗎？」皮諾丘問。

「非常樂意。」

皮諾丘一走進驢棚，就看見一頭小驢子躺在牆角的稻草上，由於飢餓和過度勞累，已經筋疲力盡了。皮諾丘仔細看了一陣子，然後自言自語道：

「我認得這頭驢子！我以前見過牠。」

他彎下腰，湊近小驢子，問道：

「你是誰？」

小驢聽到問話，睜開疲憊的又死的眼睛，有氣無力地回答：

「我是燈芯。」

然後他就閉上眼睛，死了。

「哎呀，可憐的燈芯！」皮諾丘一邊低聲哀嘆，一邊從地上抓了一把稻草，擦乾眼淚。

「這頭驢子又不是你花錢買的，你這麼難過幹嘛？」農夫問。「我該怎麼辦？我可是花了大錢把牠買來的呀。」

「你知道，牠曾經是我的朋友！」

「你的朋友？」

「是我的同學。」

「什麼？」約翰大笑起來。「什麼？你們學校裡還有驢子？那可想而知你們是怎麼唸書的啦！」

皮諾丘聽了這話，很羞愧，也很受傷，什麼也沒說，拿起他那杯牛奶，回到父親身邊。

從那天起，一連五個多月，他每天早上天還沒亮就爬起來，到農場去打水。每一天，他都會得到一杯熱牛奶給他可憐的老父親喝，老父親因此日益強壯，身體一天比一天好。不過皮諾丘對此並不滿足，於是又學會了編草籃，拿去賣。用賺來的錢，避免他和父親繼續飢餓。

此外，他還做了一個結實而又舒服的搖椅，在風和日麗的日子，可以讓父親到室外呼吸呼吸新鮮空氣。

到了晚上，他就在燈下苦讀。他用自己賺來的錢，買了一本缺了幾頁的舊書，並很快就把書讀完了。談到寫字，他就用一根長長的小棍，把一頭削細、削尖。沒有墨水，他就用黑莓汁或櫻桃汁寫。漸漸地，他的勤奮獲得了回報。他不僅在學業上取得了成功，而且在工作上也取得了成功，終於有一天，他存夠了錢，讓他的老爸爸過得舒適又開心。除此之外，他還賺下了五毛錢，想要給自己買件新衣服。

一天清晨，他對爸爸說：

「我想去市場一趟，幫自己買件衣服、一頂帽子和一雙

鞋子。等我回到家裡，我就好好打扮一番，你就會以為我是個有錢人呢。」

他跑出了家門，順著路跑到了村子裡，一路上又是笑，又是唱。忽然他聽到有人叫他的名字，回頭一看，看到一隻大蝸牛正從灌木叢中鑽了出來。

「你不認識我了嗎？」蝸牛問。

「好像認得，又好像不認得。」

「你不記得和藍頭髮仙女住一起的那隻蝸牛了嗎？你難道不記得了嗎？有一天晚上，牠給你開了門，幫你弄來吃的。」

「我知道呢，」皮諾丘喊道。「快告訴我，美麗的蝸牛，你把我好心的仙女留在哪了？她現在都在做些什麼？她原諒我了嗎？她還記得我嗎？她還愛我嗎？她離這遠嗎？我能去看她嗎？」

皮諾丘一口氣提出了一大串問題，蝸牛依然慢條斯理地回答：

「我親愛的皮諾丘，仙女正躺在醫院裡，生病了。」

「在醫院裡？」

「沒錯，是在醫院裡。她遇到了麻煩，又生了重病，卻連買麵包的錢都沒有了。」

「真的嗎？唉呀，這讓我太難過啊！我那可憐的親愛的小仙女啊！我要是有一百萬，我就會馬上跑去送給她。但我只有可憐的五毛錢。全在這了。我正要去買些衣服。你就把這錢拿去吧，小蝸牛，把錢交給我那好心的仙女。」

「那你不買新衣服啦？」

「買不買新衣服有什麼差別？為了幫助仙女，我連身上穿的這件破爛都願意賣掉。你去吧，快點吧。過兩天你再來一趟，我希望到時候能再給你點錢。之前我一直都為爸爸幹活，從今天起，我也要為媽媽幹活。再見，希望很快再見到你。」

蝸牛一反常態，好像炎熱的夏天太陽底下的蜥蜴一樣跑了起來。

皮諾丘回到家裡，父親問他：

「你的新衣服呢？」

「我找不到合身的，過幾天再去看看吧。」

那天晚上，皮諾丘沒有像往常那樣十點就睡覺，而是一直堅持工作到了半夜十二點。編出來的不是八個草籃子，而是十六個。

然後，他上床睡覺了。他在夢中見到了仙女，美麗、幸福的仙女微笑著親了他一下，對他說：

「做得好，皮諾丘！既然你的心地這麼善良，作為回報，我就原諒你以前的種種搗蛋行為。父母年老生病時，能夠愛著父母，照顧父母的孩子，哪怕不能作為聽話和品行端正的榜樣，也值得表揚。堅持下去，你會幸福的。」

就在這時，皮諾丘醒了，眼睛張得大大的。當他看了看自己全身，發現自己不再是一具木偶了，而是已經變成了一個真正的孩子，他是多麼驚訝啊！他環顧四周，結果看到的不是看習慣的稻草牆，而是一個裝飾得很漂亮的小房間——

他還從未見到過那麼漂亮的房間呢！他一下子就從床上跳下來，朝旁邊的椅子上望過去，只見椅子上放著一件漂亮的新衣服、一頂新帽子、一雙小皮靴。

穿好衣服，他把手插到了口袋裡，結果掏出一個小皮夾，上面寫著這麼一句話：

藍頭髮仙女把五毛錢還給她親愛的皮諾丘，並感謝他的好心。

皮諾丘打開皮夾，在裡面發現了五十枚金幣！

皮諾丘跑到鏡子前。他幾乎不認識自己了。望著自己的是高個子男孩的燦爛的臉，栗色的頭髮，藍色的大眼睛，快樂微笑著的雙唇。

身處如此華麗美夢之中，小木偶幾乎不知道自己在幹什麼。他揉了眼睛兩三次，搞不清楚自己究竟是睡著了還是醒著，不過最終還是確定自己醒著。

「我的爸爸在哪呢？」他忽然喊道。他跑進隔壁的房間，看到傑佩托正站在那，一夜之間年輕了好幾歲，穿著新衣，快活得像早晨的雲雀。他又變成傑佩托師傅，那個木雕師。他正在設計一個鏡框，準備刻上樹葉、花，還有各種動物的長相。

「爸爸，爸爸，出了什麼事？請你告訴我，」皮諾丘撲過去，摟住了傑佩托的脖子，問道。

「我們家這突如其來的變化，全都是你的功勞啊，」傑佩托說。

　　「這跟我有什麼關係呢？」

　　「關係可大的呢！當孩子從壞變好時，就能讓他們的家煥然一新，喜氣洋洋。」

　　「那個舊的木頭皮諾丘藏到哪去了呢？」

　　「在那。」傑佩托指著靠在椅子上的一個大木偶回答。那個木偶頭歪向一邊，兩隻手臂聳拉著，兩腿彎曲著交叉在一起。

　　皮諾丘朝著木偶看了很久很久，十分滿意地說：

　　「我是木偶的那時期，有多可笑啊！如今我變成了一個真正的孩子，真的太棒了！」

Fairy Tale 幻想之丘 03
木偶奇遇記 The Adventures of Pinocchio

作　　者　卡洛‧柯洛蒂
譯　　者　張璘　**翻譯統籌**　劉榮躍
封面、插圖繪製　Tonn Hsu 許彤
封面設計、內文排版　張新御
副總編輯　林獻瑞　**責任編輯**　李岱樺

社　　長　郭重興　發行人　曾大福
業務平台　總經理／李雪麗　副總經理／李復民
　　　　　實體通路暨直營網路書店組／林詩富、陳志峰、郭文弘、賴佩瑜、王文賓
　　　　　海外暨博客來組／張鑫峰、林裴瑤、范光杰
　　　　　特販組／陳綺瑩、郭文龍
　　　　　印務部／江域平、黃禮賢、李孟儒
出 版 者　遠足文化事業股份有限公司 好人出版
　　　　　新北市新店區民權路 108 之 3 號 6 樓
　　　　　電話 02-2218-1417#1260　傳真 02-2218-0727
發　　行　遠足文化事業股份有限公司　新北市新店區民權路 108 之 4 號 8 樓
　　　　　電話 02-2218-1417　傳真 02-8667-1065
　　　　　電子信箱 service@bookrep.com.tw　**網址** http://www.bookrep.com.tw
　　　　　郵撥帳號 19504465 遠足文化事業股份有限公司
　　　　　讀書共和國客服信箱：service@bookrep.com.tw
　　　　　讀書共和國網路書店：www.bookrep.com.tw
　　　　　團體訂購請洽業務部 (02) 2218-1417 分機 1124
法律顧問　華洋法律事務所　蘇文生律師
印　　製　中原造像股份有限公司

出版日期　2022 年 12 月 19 日初版一刷
定　　價　540 元
I S B N　9786269689200（精裝書）
　　　　　9786269689217（電子書 PDF）
　　　　　9786269689224（電子書 EPUB）

國家圖書館出版品預行編目 (CIP) 資料

木偶奇遇記 / 卡洛 . 柯洛蒂作；張璘譯 . -- 初版 .
　-- 新北市：遠足文化事業股份有限公司好人出
　版：遠足文化事業股份有限公司發行 , 2022.12
　208 面；1.9 公分 . -- (Fairy Tale 幻想之丘；3)
　譯自：The Adventures of Pinocchio
　ISBN 978-626-96892-0-0(精裝)

877.596　　　　　　　　　　　　　　111019569